Cartagena

Autorengemeinschaft

Schutz-*Los*
Literatur aus der JVA Tegel

2. Auflage

Texte: © Cartagena Verlag GmbH, Berlin 2018

Umschlag: © Cartagena Verlag GmbH, Berlin 2018

www.cartagena-verlag.de

Druck: Books on Demand GmbH, Norderstedt

Printed in Germany

ISBN: 978-3-9819-5542-2

Autorengemeinschaft

Schutz-*Los*

Literatur aus der JVA Tegel

2. Auflage

Inhalt

Vorwort

Die Justizvollzugsanstalt Tegel dürfte zu den bekanntesten Gefängnissen der Republik gehören. Das ist vor allem der Größe geschuldet. Früher galt diese Aussage für die Anzahl der Gefangenen und die flächenmäßige Ausdehnung der Anstalt, heute nur noch für die Fläche. Wofür sie allerdings gar nicht bekannt ist, sind ihre *literarischen – sowohl schreibenden wie auch beschriebenen –* Insassen. Das soll sich ändern!

SCHUTZ-*LOS* – Literatur aus der JVA Tegel: Das sind Geschichten über Eindrücke und Empfindungen, die Inhaftierte zu Papier gebracht haben. Mal sind die Beiträge sehr emotional, geprägt von Wut und Resignation, ein andermal kommen sie rational als fiktive Geschichte oder Satire daher. Es sind Gedanken, die es dem Leser gestatten, in eine Welt abzutauchen, mit der er noch nie zu tun hatte. Der Eindruck, dies sei alles übertrieben, täuscht über die Realität hinweg. Sie ist viel schlimmer. Wer noch nie hier war, wird nicht glauben können, wie *schutzlos* die Menschen jenem System ausgeliefert sind, das sich doch die Rechtsstaatlichkeit auf die Fahne geschrieben hat.

Ein Gerichtsverfahren endet bekanntlich mit einem Urteil. Egal, ob es falsch oder richtig ist, ab der Urteilsverkündung sollte der Inhaftierte einen Weg gezeigt bekommen, der ihn sinnvoll durch die Zeit des Strafvollzugs bringt und ihn befähigt, nach Verbüßung der Haftzeit ein geregeltes Leben zu führen. Dass dieser Weg nicht in jedem Fall eine Gerade sein muss, ist unterschiedlichen Aspekten geschuldet, aber er sollte in die richtige Richtung weisen. Dabei ist es nicht die Aufgabe des Strafvollzugs, ein Verbrechen durch das Zugrunderichten des Verurteilten zu rächen, sondern seiner gesetzlichen Verpflichtung nachzukommen: Resozialisierung. Genau das geschieht in der JVA Tegel meist nicht.

Wenn die Angst vor einer Fehlentscheidung so groß ist, dass lieber keine Entscheidungen getroffen werden und die Macht eines Dienstausweises die fachliche und menschliche Inkompetenz zu verbergen hilft, kann es mit dem gesetzlichen Auftrag nicht weit her sein. Die JVA Tegel ist ein Musterbeispiel für eine Strafjustiz, deren scheinbarer Erfolg es ist, Verurteilte bis zum letztmöglichen Tag hierzubehalten. Die vom Gesetzgeber bereitgehaltenen Möglichkeiten der Halbstrafe oder einer vorzeitigen Entlassung nach zwei Dritteln der verbüßten Strafe sind hier meist Utopie. Dabei gibt der Rechtsstaat eine einfache Antwort: *Hast du für deine Verfehlung bezahlt, dann bist du frei!*

Die Vorurteile gegenüber *Knackis* sind groß, die Lobby der Gestrauchelten klein. "Wird schon alles seine Richtigkeit haben. Die sind ja nicht umsonst verurteilt worden", ist ein gängiges Klischee. Es wird gern als Argument benutzt, denn natürlich ist dem Hiersein etwas vorausgegangen, das dazu führte, hier zu sein. Es gibt etliche Verurteilte, die sich beanstandungsfrei verhalten, was trotzdem nicht gleichbedeutend damit ist, dass sie ihren Weg in die Freiheit antreten dürfen. Was in den betroffenen Inhaftierten zurückbleibt, ist oft Wut, Resignation und die Erkenntnis: Niemand verlässt diese Haftanstalt als besserer Mensch!

Der Verkaufserlös von **SCHUTZ-*LOS* – Literatur aus der JVA Tegel** wird von den Autoren an Hilfsorganisationen gespendet. Wir bedanken uns für Ihr Interesse an unserem Buch.

Nachdem Herr Keuner dies gehört hatte,
dass sein Nachbar Musik machte,
um zu turnen,
turnte, um kräftig zu sein,
kräftig sein wollte, um seine Feinde zu erschlagen,
seine Feinde erschlug, um zu essen,
stellte er seine Frage: "Warum isst er?"

Bertolt Brecht

Eindrücke

Sie sind da! Sie reißen dich heraus aus deinem Leben, und von jetzt auf gleich verändert sich alles. Du bist nichts mehr, weder Sohn, noch Vater, Freund, Geliebter oder Ehemann. Und *ganz plötzlich* (noch unerwarteter) findest du dich in einem Raum wieder, der nicht einmal 6 m² misst, der kalt, zugig und verdreckt ist.

Dein Bad zu Hause *Ja, zu Hause,* war größer, heller und um einiges komfortabler. Ein Hauch von Badambiente bleibt dir erhalten, da in einer Ecke deines neuen Wohnbereichs eine Toilette steht und an einer Wand, fast daneben, befindet sich eine Vogeltränke, ein durchgestaltetes Waschbecken, mit der neuesten Errungenschaft der Technik, einem Wasserhahn mit kaltem Wasser aus der Wand.

Das Bett, das extra schmaler gehalten wurde, um dir einen Durchgang zu ermöglichen, befindet sich an der gegenüberliegenden Wand. Ein Schrank, ein Tisch, eine von Fäkalien und Unrat reich besudelte Schamwand und, passend zu dem raumgestalterisch wohlgeformten Ensemble, ein Stuhl runden das Bild anheimelnd ab. Eine Einrichtung wie aus dem Katalog. Ein Schaudern durchläuft dich und ein warmes Gefühl strömt durch Herz und Körper. Ein Gedanke formt sich: *Endlich daheim!*

Gerade in dieser – für dich neuen – Situation besteht ein

enormer Gesprächsbedarf, nur es ist keiner da, den du befragen kannst. Die Sozialarbeiterin hat dich schon zwischen Tür und Angel auf unbestimmte Zeit vergessen, die Beamten erzählen dir etwas von Anträgen, und die beiden Hafträume links und rechts neben deiner neuen Wohnung sind leer. Das ist kein Zufall, denn der zuständige Richter hat dich mit einer Sicherheitsverfügung verbannt. Dieses probate Mittel der neuzeitlichen Gesetze bedeutet, eine Kontaktsperre zu allem und jedem, du bist Persona non grata — permanent mit dir selbst beschäftigt. Alleine, alleine! Alles, was du einmal dargestellt hast, gibt es nicht mehr. Man hat dich demontiert. Ehre, Menschenwürde, Schuhe, Unterwäsche, Socken, Pullover, Hose, Uhr, Portmonee, Brieftasche und Jacke befinden sich jetzt in der Hauskammer des Untersuchungsgefängnisses, hineingestopft in einen Jutesack. Sollte es dir nicht gefallen, dann schreibe einen Antrag, aber die Antwort ist ziemlich simpel: Man hat dich nicht eingeladen.

Deine Einkleidung mit dem Nötigsten erfolgte in der Kleiderkammer des Hauses. Sieben Paar Socken, löchrig, zu groß und rutschend, sieben Unterhosen, richtig männliche, mit braunen, abgelagerten Streifen im Inneren, haben teilweise Dimensionen, dass du dir nicht vorstellen kannst, es gäbe dafür passende Ärsche. Die Unterhemden verwaschen und ebenfalls in verschiedenen Größen, eine blaue Hose, die du mit einer Schnur daran hinderst, an dir herabzugleiten, ein blauweiß gestreiftes Hemd, eine blaue Schlosserjacke, sogar wattiert, denn es ist Winter und, um die modische Erscheinung noch etwas aufzupeppen, ein Paar alte Turnschuhe.

Dunkle Erinnerungen werden in dir wach. Du denkst an Freisler und die Männer des 20. Juli, die 1944 in ihren

Prozessen, mit ihrer schlechtsitzenden Bekleidung, vorgeführt wurden. Diese würdige Behandlung bleibt dir für einige Monate erhalten.

Hier zahlt sich nur die Beharrlichkeit aus, alles, was du möchtest, musst du immer und immer wieder beantragen, denn die Institution, die du mit deiner Anwesenheit beehrst, ist indolent[1]. Nein, nicht die Institution, vielmehr die Individuen, die in ihr arbeiten, die Beamten.

Nach drei Tagen nachhaltiger Bemühungen erhältst du das Objekt deiner Begierde. Es ist ein Mietfernseher, für den du 16,50 Euro monatlich berappen musst. Deine Einsamkeit erhält jetzt eine ganz andere Dimension, das Irrationale bekommt eine ganz neue Logik. Das Ding läuft Tag und Nacht. Es gibt dir das Gefühl von Menschlichkeit, Wärme und dem Nochdazugehören zur dich verachtenden Gesellschaft. Aber was viel wichtiger ist: Es beruhigt dich und du schläfst jetzt vier statt nur drei Stunden.

Phönix und arte sind ab jetzt deine ständigen Unterhalter, sie führen dich in fremde Welten und lassen dich daran teilhaben, was geschieht. Du hast ganz plötzlich ein breit gefächertes Repertoire an Unterhaltung. Der Fernseher ist nun deine Familie, dein Halt. Du kannst ihm erzählen, was dich bewegt, er ist dein Gegenüber, ein Ohr. Die Zeit vergeht, gefüllt von Lieblosigkeit und Nichtigkeit. Du versuchst lediglich, den Halt und die Kraft für den nächsten Tag aus diesem Gerät zu ziehen, denn nur der nächste Tag zählt.

---

[1] gleichgültig

Ein ganz normaler Tag

Ein mächtiger, sanierter Altbau mit einem modernen Anbau erstreckt sich am Ufer des Griebnitzsees. Im kalten Krieg war die pompöse Villa ein Altersheim im Grenzgebiet zu West-Berlin, man konnte sie nur mit Passierschein erreichen. Heute wohnen dort 32 chronisch und psychisch kranke Menschen. Die meisten Bewohner haben eine lange medizinische Karriere hinter sich und sind auf Grund dessen meist hospitalisiert. Das Normalisierungsprinzip wird individuell auf die Bewohner angewandt, um ihnen ein Leben in der genormten Gesellschaft zu ermöglichen. Ich bin Betreuer und helfe diesen Menschen, wieder im Leben *zurecht* zu kommen.

Einer dieser Bewohner aus der Wohngemeinschaft ist Paul, 63 Jahre alt und seit nunmehr 34 Jahren in psychiatrischer Behandlung. Er hat bereits in verschiedenen psychiatrischen Einrichtungen West-Berlins und Nordrhein-Westfalens gelebt und wohnt jetzt in Potsdam am Griebnitzsee. Er ist total abwesend und bekommt starke Beruhigungsmittel. Sämtliche Psychopharmaka schlagen bei ihm nicht mehr an und die Neurologen haben ihn schon seit Jahren aufgegeben.

Eines Morgens hörte ich Paul durch die Gänge schlurfen. Alle Bewohner, die das Schlurfen auch hörten, flüchteten in ihre Zimmer oder suchten das Weite. Sie hatten Angst vor

Paul. Ich hatte keine Ahnung, warum? Vielleicht weil er die Verkörperung des Sensenmannes oder einfach nur schräg ist. Ich sah, wie er aufs Klo ging. Nach einigen Minuten hörte ich ein Schluchzen und Weinen. Verwundert ging ich nachsehen und stellte fest, dass Paul völlig aufgelöst vor dem Badspiegel stand. Ich hatte ihn in den zwei Jahren, die ich hier arbeite, noch nie so erlebt. In ruhigem und hilfsbereitem Ton fragte ich ihn, was los sei. Ungläubig sah er mich an und in einer Tonlage, die ich noch nie bei ihm gehört hatte, fragte er mich, wer der alte Mann im Spiegel sei? Ich war für einen Moment überrascht und sagte ihm: *Das bist du selbst.* Das kühle Neonlicht über dem Spiegel ließ jede Altersfalte und jedes Barthaar gut erkennen. Er holte tief Luft und fragte: *Wie alt ist der Mann im Spiegel und welches Jahr haben wir?* Ich war überwältigt und musste mich sehr zusammenreißen, damit ich nicht unprofessionell antwortete. Ruhig trat er noch dichter an den Spiegel heran, beugte sich übers Waschbecken und betrachtete sein eigenes Bild aufmerksam. Sein Gesichtsausdruck war dabei unwissend und suchend. Nach einigen Minuten des Beobachtens ging er verwirrt, aber mit normalen Schritten und nicht schlurfend in sein Zimmer.

Nach einer Stunde suchte er mich im Büro auf und erzählte mir, er dachte 29 Jahre alt zu sein und habe sich darüber gewundert, im Spiegelbild einen alten Mann zu sehen, der ganz und gar nicht nach dem jungen Burschen aussah, den er erwartet hatte. *Wo sind nur all die Jahre geblieben?* Wir unterhielten uns fast zwei Stunden. Es war ein gutes Gespräch und ich dachte, ich könnte ihm helfen. Schon während des Gesprächs wurde mir klar, seine schizophrene Psychose war verschwunden. Einfach weg, als wäre er ein ganz normaler und gesunder Mensch. In den folgenden Wochen führten wir noch viele Gespräche. Er versuchte mir zu erklären, wie und was er in den letzten Jahren wahrgenommen hatte. Das erwies sich als schwierig, denn die Beruhigungsmittel wirkten nach wie vor, auch wenn er diese Mittel nicht mehr von uns verabreicht bekam. Ich fragte mich, wie wir ihm jetzt weiterhelfen könnten. Nach drei Jahrzehnten war er unselbstständig und hospitalisiert. Wir erstellten als Betreuerteam einen Hilfeplan, der seiner gerecht werden sollte. Allerdings stellte Paul nach einem halben Jahr fest, dass, wenn er weiter so mit uns zusammenarbeite, er im kommenden Jahr ausziehen müsse. Er würde dann nicht mehr in das Konzept dieser Betreuungsform passen. Er war sehr intelligent und versuchte, wo es nur möglich war, uns zu sabotieren. Schließlich, und das hatten wir auch nicht so erwartet, wurde Paul schwer depressiv und vermisste einfach nur die Jahre, die ihm fehlten. Er berichtete von einer Zeit, wo man noch rauchen konnte, wo man wollte und über seine Begeisterung zur Musik. Im Speziellen zu den *Rolling Stones*. Seine Geschichten ließen ihn aufblühen und für diese Momente vergaß er die verlorenen Jahre und die damit verbundene Depression.

In der Folgezeit haben wir viel unternommen. Mal auf seinen Wunsch, mal auf Initiative von uns Betreuern. Wir waren unter anderem bei einem Konzert der Rolling Stones. Es war fantastisch, ihn in solchen Momenten zu beobachten. Er knüpfte an die Zeit an, die er verloren hatte. Leider gab es aber auch viele Tiefpunkte. Dann holte ihn seine Depression ein.

Eines Abends suchte er das Gespräch und vertraute mir an, es gefiele ihm hier und er wolle nicht ausziehen. Zur Not, wenn die Betreuungsbehörde im Haus sei, würde er auf Psycho machen und alles daransetzen, um Bewohner dieses Hauses bleiben zu können.

Er soll noch heute in dieser Einrichtung in Potsdam wohnen und die gute Seele des Hauses geworden sein. Niemand
hat mehr Angst vor ihm. Auch sein Spiegelbild soll er mittlerweile gut ertragen können, ohne sich zu fragen, wo die
Zeit geblieben ist. Bis heute soll es nicht nötig gewesen sein,
auf Psycho zu machen. Er wird noch viele normale Tage in
seinem Leben haben, aber auch viele unwirkliche ertragen
müssen.

Da geht es ihm wie mir heute. Was gäbe ich darum, seine Medikamente einnehmen und irgendwann staunend und
fragend vor meinem Spiegelbild stehen zu können. Wieso
bin ich eigentlich hier?

Vergeltung

Glauben Sie mir: So ein Richter hat es nicht leicht. Jeden Tag sucht er unermüdlich nach dem Wichtigsten: der Wahrheit. Obwohl ihm dabei tatkräftig geholfen wird – immerhin haben auch Polizei und Staatsanwaltschaft denselben Anspruch, nennen es nur anders – kann es passieren, dass er einen Fehler macht. Ich will an dieser Stelle nicht verschweigen, dieses wichtige Amt wird natürlich nicht nur von Männern bekleidet. Diese Zeiten sind Gott sei Dank vorbei, und an Frauen in schwarzen Roben, also Richterinnen, hat sich mittlerweile fast jeder gewöhnt. Außer einige katholische Würdenträger in ihren Talaren vielleicht. Wobei die gern übersehen, es war einst deren eigener Anspruch an die Wahrheitsfindung, der unser heutiges Rechtssystem, und damit auch Frauen in schwarzen Roben, maßgeblich mit erschaffen hat. Die Geister, die ich rief, könnte man nun meinen, aber damals ging es hauptsächlich um Ketzer und Hexen. Das *Sichtäuschen* war also von Hause aus eine Männerdomäne, und wir sollten alle froh sein, sowohl die Folter wie auch die Verbrennung auf den Scheiterhaufen der Geschichte verbannt zu haben. Nichtsdestotrotz bleibt eine Gerichtsverhandlung das, was sie schon vor Jahrhunderten war: ein Tribunal. Und genau wie früher werden dabei Fehler gemacht. Richter sind halt auch nur Menschen und für

Richterinnen gilt dasselbe. Als ob dieser Makel der Natur – Fehlbarkeit im Richteramt – nicht schon schlimm genug wäre, es finden sich immer wieder Leute, die darauf herumreiten. Denen ist es zu verdanken, dass nach bestem Wissen und Gewissen Arbeitende in aller Öffentlichkeit bloßgestellt werden, und es Fernsehsendungen gibt, in denen behauptet wird, mehr als 20 Prozent der im Namen des Volkes gefällten Urteile seien fehlerhaft. Noch bösere Zungen zischeln sogar, es wären bis zu 40 Prozent. Aber selbst die müssen einräumen, dass es nicht gleichbedeutend damit ist, unzählige Unschuldige hinter Gittern sitzend zu wissen. Vielfach wurden sie nur falsch verurteilt, was in aller Regel heißt, die verhängten Strafen sind zu lang oder die Anlassdelikte waren andere. Aber es kann auch umgekehrt sein. Da lob ich mir die gute, alte Regenbogenpresse, die uns immer rechtzeitig auf dem Laufenden hält und das zu erwartende Urteil bereits als Volkes Stimme heraufbeschwört, wenn sie bei Prozessbeginn über das abscheuliche Monster, welches angemessen zu bestrafen ist, berichtet. Das ist natürlich keine Einflussnahme, sondern nur der Informations- und Meinungsfreiheit geschuldet. Belegt doch das spätere Urteil in aller Regel, wie nah Volkes Stimme und richterliche Entscheidungsfindung beieinander liegen, quasi miteinander koitieren. Das ist auch gut so! Wie sonst wäre es möglich, dass ein Richter sich anmaßt, im Namen des Volkes zu sprechen. Der Tribun – das sind Sie liebe Leserinnen und Leser – hat einst entschieden, die Justiz soll unabhängig und frei in ihrer Meinungsfindung sein. Fehler – ausgeschlossen! Falls doch, dann nur eine seltene Ausnahme. Einer dieser berühmten Einzelfälle eben, aber seien wir doch ehrlich: Nichts von Fehlern zu wissen beruhigt unser aller Gewissen und sorgt für einen ruhigen Schlaf.

"Kann schon sein, aber kriminell ist kriminell", könnten Sie jetzt sagen und damit haben Sie völlig recht. Wo kämen wir hin, wenn jeder dahergelaufene Journalist zum Wald- und Wiesenanwalt seines Vertrauens geht und die gemeinsam nach einer Story suchen, mit der sie sich doch nur als die Retter aus höchster Not profilieren wollen. Der eine will nur Einschaltquoten oder Verkaufszahlen und der andere neue Mandanten. Das allein zeigt schon, was denen am wichtigsten ist: Ihr Geld, liebe Leserin und Ihr Geld, lieber Leser. Nicht umsonst wurden Wörter wie *Lügenpresse* oder *Winkeladvokat* erfunden.

Doch – dem Herrn sei's gedankt – es gibt noch ehrbare Leute, die zwar die Fehlbarkeit der Urteile kennen, jedoch kein Kapital daraus schlagen wollen. Auch diese Eifernden wissen um die magischen 20 bis 40 Prozent falscher Urteile, aber im Gegensatz zu den Vorgenannten, sitzen sie fleißig arbeitend in ihren Anstaltsstuben und versuchen, die Gesellschaft vor dem Unausweichlichen zu bewahren: Der frühzeitigen Entlassung von Verurteilten. Dabei kämpfen sie unermüdlich, sogar gegen Widerstände aus den eigenen Reihen. Denn nicht nur, dass etliche Urteile viel zu mild ausgefallen sind, es gibt Dummköpfe bei der Justiz, die wollen die Kriminellen tatsächlich nach zwei Drittel der Zeit aus der Haftanstalt entlassen. Meist argumentieren diese Dummköpfe, der Inhaftierte – sind Sie auch dafür, dass man lieber wieder das schöne, alte Wort Sträfling einführen sollte? – hätte sich von der bisherigen Haft beeindruckt gezeigt und einen beanstandungsfreien Haftverlauf gehabt. Dann führen diese Verräter noch irgendwelche pseudowissenschaftlichen Fakten an. Doch was heißt schon Fakten, wenn es um psychologischen Klimbim geht. Dabei gibt es nur Wenige, die sich wirklich damit auskennen. Es sind diese Ehrbaren, unablässig für *Ihre Sicherheit* Kämpfenden, die tagtäglich aufs Neue die Abgründe der menschlichen Seelen erkunden, gleichzeitig Richter, Psychologen, Sozialpädagogen und Kriminologen sind und Sie vor uns schützen wollen. Im hiesigen Strafvollzug haben sie einen Namen: Sozialarbeiter. Doch sie nennen sich auch Sozialdienst oder Gruppenleiter.

"Als ob die die angeblich geringe Wiederholungsgefahr einschätzen könnten", murmelt die Ehrbare leise im Schein ihrer kleinen Schreibtischfunzel und greift nach dem Katalog mit Ablehnungsgründen, die die wirklich engagierten Sozialarbeiter der JVA Berlin-Tegel in ihren Schubladen griffbereit haben. Hier sind in jahrelanger Gemeinschaftsarbeit die Argumente gesammelt und in einer Schriftensammlung, dem hauseigenen Kodex, zusammengefasst worden, die Sie – ja, Sie lesen richtig, es geht um Ihre Sicherheit – vor künftigem Ungemach schützen soll. Obwohl die ehrbare Sozialarbeiterin den Text fast auswendig kennt, streicht sie sanft, fast zärtlich, über den Deckel des Aktenordners. Sie weiß genau, es geht dabei nicht nur ihr so. Die stillen Kämpfer an dieser lautlosen Front sind eine eingeschworene Gemeinschaft, bestehend aus aufrichtigen, eifrigen Frauen und Männern – den hiesigen SozialarbeiterInnen. *Tegeler Landrecht*, liest sie stumm und ein flüchtiges Lächeln huscht ihr übers Gesicht, dann schlägt sie ihren Kodex endlich auf. Meist kommen auch die Richter, die über die Entlassungen zu entscheiden haben, nicht dagegen an. Die nächste Stellungnahme fürs Gericht wartet bereits seit Monaten darauf, bearbeitet zu werden. Am liebsten würde die Ehrbare noch länger damit warten, aber diesmal wurde ein Termin gesetzt. Und das ihr! Zwar sind die Textbausteine, die sie jetzt benötigt, auch alle auf ihrem Computer gespeichert, aber das kurze Innehalten und Blättern im *Buch der Offenbarung* verschafft vielleicht zusätzliche Inspirationen. Die braucht es auch, denn die Richterin der Strafvollstreckungskammer, die über den aktuellen Fall zu entscheiden hat, ist dafür bekannt, eine Sträflingsfreundin und Befürworterin des modernen Strafvollzugs zu sein. Kurzum: eine Pharisäerin, und damit eine von denen, die es sich auf die Fahnen geschrieben haben, die Spitzenposition Berlins bei der Ablehnung von vorzeitigen Entlassungen zu gefährden. Man muss die Statistik nur richtig zu deuten verstehen. Die Ehrbare ist stolz auf den letzten Platz im Ranking, und sie weiß, ihre Mitstreiter für Ordnung und Gerechtigkeit sind es auch. Jahrelang haben sie gemeinsam dafür gekämpft, haben sich ganz der Aufgabe gewidmet und ihre persönlichen Interessen dem Gemeinwohl untergeordnet. Das darf nicht umsonst gewesen sein. Noch einmal überfliegt sie das Schreiben der Anwältin des Delinquenten, für das sie heute schon wieder ihre wertvolle Freizeit opfern muss. Die Ehrbare weiß genau, deren Seele ist käuflich und das angebliche Gerechtigkeitsempfinden nur aufgesetzt. Darüber täuscht auch der lange, blumig ausgeschmückte Text der Winkeladvokatin ans Gericht nicht hinweg.

"Beanstandungsfreier Haftverlauf, dass ich nicht lache", sagt sie leise und schüttelt den Kopf dabei. Sie legt den Ordner beiseite und scrollt zu den Stichworten unter dem Buchstaben B. Kurz überfliegt sie die Texte und entscheidet sich für eine Passage, die besagt, der beanstandungsfreie Haftverlauf sei nur eine Anpassung des Gefangenen an den Strafvollzug, und eben nicht der Tatsache geschuldet, eine ernsthafte und nachvollziehbare Auseinandersetzung mit dem Anlassdelikt betrieben zu haben. Die Intelligenz des Inhaftierten erlaube es ihm, schnell zu erkennen, wo und wie er sich Vorteile verschaffen kann und allein der Umstand, dass die bisherigen Haftraumkontrollen keine brauchbaren Ergebnisse und die durchgeführten Drogentests negativ gewesen seien, erlaube nicht die Interpretation, den Haftverlauf positiv zu werten.

Die nächste Nuss, die es für sie zu knacken gilt, ist die von der Einweisungsabteilung vorgenommene Zweidrittelabstellung. Die dortigen Psychologen sind ein Gräuel in ihren Augen und selbst jetzt, Jahre später, muss sie sich noch mit deren Gutmenschentum auseinandersetzen. Damals, im Untersuchungsgefängnis Berlin-Moabit, wurde dem Inhaftierten empfohlen, sich nach Ankunft in der Haftanstalt Tegel um eine psychotherapeutische Beratung zu kümmern. Wie es ihm gelingen konnte, sogar den hauseigenen Psychologen davon zu überzeugen, er arbeite ernsthaft und mit Akribie an der Aufarbeitung seiner Missetaten, ist ihr völlig rätselhaft. Aber es erfordert halt besondere Fähigkeiten, das kriminelle Treiben nicht nur zu durchschauen, sondern es vorbehaltlos zu entlarven. Unter M findet sie die passenden Textangebote. Sie überfliegt sie und schwankt noch zwischen "manipulativ betrügerisch" oder "manipulativ überangepasst." Obwohl der Inhaftierte seine Schuld stets eingeräumt hat, entscheidet sie sich für die betrügerische Variante, des größeren Interpretationsspielraums wegen. "Einige Formulierungen der Kammer und die nahezu kritiklose Übernahme der Argumentation des [*Inhaftierten*] lassen besorgen, dass die Kammer teilweise den stark ausgeprägten manipulativen Fähigkeiten des [*Inhaftierten*] teilweise erlegen sein könnte[2]", kopiert sie in die Stellung-

---

[2] Originalzitat aus einem Schreiben der JVA Tegel gegenüber der Staatsanwaltschaft, dem Landgericht und der Senatsverwaltung für Justiz und Verbraucherschutz – Abteilung III

nahme und führt weiter aus, es sei bis heute keine ausreichende Veränderungsmotivation beim Inhaftierten vorhanden. Genau deswegen bestehe die erhöhte Gefahr der Begehung einschlägiger Straftaten und dem könne nur mit einer tatbezogenen Psychotherapie, welche mit einer kognitiven Umstrukturierung einhergehe, begegnet werden. Diese Therapie erfordere eine gründliche Tataufarbeitung und müsse abgeschlossen sein, bevor die Prognose konkreter einschätzbar sei.[3]

Zufrieden lehnt sie sich in den Stuhl zurück. Der Rest des Schreibens ist Kleinkram. Noch einige Hinweise auf den narzisstisch geprägten Egoismus dort, ein paar Worte über das beobachtete Verhalten in der Gruppe hier, und schon entsteht das von ihr gewünschte Bild einer Bestie, die unbedingt hinter Schloss und Riegel bleiben sollte. "Im besten Fall für immer", sagt sie leise zu sich selbst und denkt an das Revolverblatt, in dem einst über ihre Entscheidung hergezogen wurde. Damals hatte sie einem Inhaftierten Lockerungen gewährt und der undankbare Kerl sich aus dem Staub gemacht. "Sie haben nicht nur mich, sondern auch höhere Stellen in die Bredouille gebracht. Wissen Sie etwa nicht, wie nah die Justiz an der Politik dran ist?", hatte ihr Vorgesetzter sie angeschrien. Das war Jahre her, und obwohl der Gefangene – er saß nur eine Strafe wegen Körperverletzung ab – sich nach zwei Wochen selbst bei der Polizei gestellt hatte, war die Schmach der Fehleinschätzung an ihr haften geblieben. Zu neuen Straftaten war es während seiner Flucht nicht gekommen, und ohne zu murren hatte er seine restliche Zeit abgesessen. Es waren noch drei Monate

---

[3] Die Argumentation wurde inhaltlich dem unter [2] genannten Schreiben entnommen.

gewesen, die seine Freundin mit dem Neugeborenen auf ihn warten musste. Trotzdem hätte ihn die Ehrbare am liebsten für immer hierbehalten. Sie weiß, das ist nicht ohne weiteres machbar. Die meisten ihrer Delinquenten sitzen leider nur Zeitstrafen ab. Doch das ändert nichts an ihrem Elan. Ganz im Gegenteil. Die nächste Stellungnahme ans Gericht wartet und diesmal geht es um einen Lebenslänglichen. Sie weiß schon jetzt, was sie schreiben wird, denn Tatleugner lassen sich auch nach etlichen Jahren als querulatorisch unangepasst darstellen. "Von wegen, der wusste nichts von der Mordplanung", sagt sie leise und grinst abschätzig. Dann schiebt sie die Akte beiseite. 'Morgen ist auch noch ein Tag', geht ihr durch den Kopf und kurz schaut sie aus dem Fenster. Es ist mittlerweile dunkel geworden. Im Grunde genommen würde sie am liebsten hierbleiben und durcharbeiten, aber da macht ihr das Tegeler Landrecht einen Strich durch die Rechnung. Sie muss die Haftanstalt spätestens bis 21 Uhr verlassen haben.

Nachdem sie den Computer heruntergefahren und das Licht ausgemacht hat, nimmt sie lustlos ihre Tasche und geht zum Tor. Sie weiß, davor wird niemand auf sie warten und sie weiß auch, dass sie in ihrer Wohnung die einsamste Frau der Welt ist. Natürlich wird sie niemals zugeben, was sie empfindet, aber trotzdem beginnt sie schon jetzt, die Stunden bis zum Wiedersehen mit ihm abzuzählen.

Der Tankstellenüberfall

Er blickte in eine riesige, mit einem Ölfilm überzogene
Pfütze. Kleine, ineinander übergehende Wellen bildeten ihre
Kreise am Einschlagort der Regentropfen. Seit Tagen schon
lag die Stadt, in der der Herbst Einzug gehalten hatte, im
Nieselregen. Prüfend schaute er auf die beiden Armbanduhren an seinem Handgelenk. Viertel vor neun – eine halbe
Stunde musste er noch an diesem Imbiss stehen bleiben. In
der Dunkelheit besaß er von hier aus den besten Einblick in
das Innere der Tankstelle. Der Imbiss würde um neun Uhr,
pünktlich wie jeden Abend, geschlossen werden. Bereits
jetzt stand der Verkaufswagen mit ihm als letzten Kunden
wie vergessen da. Die Bedienung war mit dem Aufräumen
und Putzen beschäftigt und somit abgelenkt. Dennoch be-
stellte er noch einen Becher schwarzen, süßen Kaffee. Als er
seine Geldbörse aus der Innentasche seiner Lederjacke zog,
spürte er die Waffe deutlich im Holster. Am Morgen zuvor
hatte er die Walter PPK gründlich gereinigt, geölt, überprüft
und durchgeladen gesichert in das von ihm getragene Le-
derholster gesteckt. Die Pistole verlieh seinem Wesen Sicherheit.

Ein dunkelblauer BMW mit getönten Scheiben rollte die
Auffahrt der Tankstelle empor und hielt an deren hinterem
Ende auf einem Kundenparkplatz, wo zuvor schon eine

junge Frau ihren olivgrünen VW Bus abgestellt hatte. Ein älterer Mann mit Koffer und Regenschirm verließ das Fahrzeug und lief vom Tankstellengelände.

Die Imbissfrau klappte mit einem netten Abendgruß die Luken des Verkaufswagens herunter, und leichter Sprühregen fand von nun an seinen Weg auf den Kaffeetrinker. Nachdem die Bedienung ebenfalls das Tankstellengelände verlassen hatte, befanden sich dort nur noch der Tankwart und ein gerade bezahlender Opel-Kadett-Fahrer im Verkaufsraum. Der Mann zog seine Wollmütze tiefer ins Gesicht und entsicherte seine Waffe. Dann sah er auf die beiden Armbanduhren. Es war drei Minuten nach voll geworden. Weitere 12 Mal eine volle Umrundung des Sekundenzeigers warten zu müssen, veranlasste ihn erwartungsgemäß dazu, sich noch flott eine Zigarette anzustecken. Die Nerven lagen schon blank genug, um noch schmachten zu können. Im Schein der Feuerzeugflamme leuchtete kurz sein Gesicht auf. Plötzlich fiel dem Mann etwas über seine Schulzeit ein. Eigentlich hatte alles mit einer Zigarette begonnen! Heute rauchte er zwar noch dieselbe Marke, aber es handelte sich um andere Bargeldbeträge, als die der damaligen Klassenfahrtkasse.

Ein Geräusch ließ ihn erschrocken aufhorchen und mit weit aufgerissenen Augen in den nasskalten Abend starren. Was war das gerade gewesen? Ein knackender Ast vielleicht oder doch eine Autotür?! Der Mann sah hochkonzentriert auf das vor ihm liegende Objekt. War da irgendwas oder hatte er doch einen Planungsfehler gemacht? *Nein, da war nichts*, entschied er schließlich, während er seine Zigarette unter seinem linken Stiefel begrub.

Noch wenige Minuten und es galt: Der Tod des Tankwarts war unbedingt zu vermeiden. Sein Adrenalin stieg in die Höhe und er spürte seinen Herzschlag bis in die Schläfen. Endlich schritt er zur Tat.

Er betrat das Innere der Tankstelle, aus der kurz zuvor der Opelfahrer herausgekommen war. Der freundlich lächelnde Tankwart erstarrte, als der Mann die Waffe aus der Jacke zog, direkt auf ihn richtete und ihn aufforderte: "Keine Faxen. Das Ding ist so echt wie ich, und nun ab in den Tresorraum!"

Unwillkürlich dachte der Tankwart an seine dreijährige Tochter und seinen siebenjährigen Sohn. Er folgte geschockt den Anweisungen der ihm gegenüberstehenden bedrohlichen Person, und während in ihm zum ersten Mal das Gefühl von Todesangst aufstieg, begriff er seine Situation ganz deutlich. Erst vor drei Wochen war er auf einem Fortbildungsseminar gewesen. Seine Mutter hatte ihn dort angemeldet. Sie war auch der Meinung, *Verhaltensregelstudium bei Überfällen* würde ein Vorkommnis wie bewaffneten Raub ausschließen. Darin hatte sie sich geirrt, doch nun wurden diese Verhaltensregeln wichtig.

Der erste Seminarpunkt des Überfalltrainings lautete: Ruhe bewahren! Die Seminarleiterin hatte ihm damals allerdings keine Waffenmündung ins Gesicht gehalten und nur *los, mach schnell!* gehaucht. Irgendwie erschien dem Tankwart, der in die Opferrolle eingewiesen worden war, all das hier unwirklich und paradox.

Während es im Tankstellenraum neonlichthell beleuchtet war, befanden sich im Büro daneben nur eine nicht allzu grelle Tischlampe und der Aufzeichnungsmonitor der Videokamera. Der Tankwart schloss den im Büro untergebrachten Tresor der Marke Trumpf auf – ein älteres Modell, ein Stahlkoloss ohne besonderen Zeitverzögerungs- oder Zahlenklimbim, einfach nur ein Stahlschrank mit Schloss. Nasser, kalter Schweiß lief dem Mann den Rücken herab, als er die schwere Tür aufzog. Dort lagen sie, säuberlich gestapelt, fast liebevoll sortiert, nach Größe und Farbe geordnet. Er selbst hatte regelmäßig nach Feierabend die Scheine dort hineingelegt. Es waren genau 93.000 DM.

Der zweite Seminarpunkt war: Zuversicht bewahren! Der Täter musste direkt hinter ihm stehen und dennoch wagte der Tankstellenwart nicht, sich umzuschauen, sondern blickte starr auf die Geldscheine. Seine Angst wuchs.

Ungläubig starrte auch der Mann mit der abgerollten Wollmütze über dem Gesicht und der Pistole in der Hand. Allerdings war sein Blick weder auf den vor ihm knienden Tankwart noch auf den Tresor gerichtet. Die Wirklichkeit der vor ihm aufgetauchten neuen Situation nahm ihn voll in Anspruch. Er war Profi im Erkennen von Gefahren verschiedenster Situationen und weilte deshalb immer noch unter den Lebenden. Jetzt musste er eine Entscheidung fällen. Sofort! Es blieb keine Zeit und es galt, den eigenen Tod zu vermeiden. Er drückte dem Tankwart die Pistole fest an den Hinterkopf, griff einige Bündel des Hundertmarkscheinstapels und ließ sie in der Jacke verschwinden. Dann zog er den Tankwart energisch hoch, stieß ihn zu einer anderen Tür und dahinter die Treppe hinunter.

Als er die Tür zum Keller schloss, fiel sein Blick noch einmal auf den Monitor. Er sah, wie die SEK-Beamten aus dem grünen VW-Bus sprangen und sich, bis an die Zähne bewaffnet, an der Außenmauer des Tankstellengebäudes postierten.

Im Dunkeln schob er den Tankwart die Kellerstufen hinab. Dieser war noch bei Punkt zwei des Seminars, während er die nächste Kellertür öffnete. Ein kurzer Blick reichte aus, dem Räuber den Weg zu zeigen. Er schloss die Stahlfeuerschutztür mit dem Schlüssel, der gerade noch auf der Eingangsseite gesteckt hatte, von innen zu. Dann schlug er im Dunkeln die Silhouette des Tankwarts mit einem wuchtigen Schlag nieder. Der Mann ging k.o. zu Boden. *Scheiße*, dachte sich der Räuber, während er auf ein Kellerfenster zustürmte und dabei über einen alten, ausgemusterten Haufen rotweißer Absperrkegel und einige Stapel Altreifen musste. Er öffnete das Kellerfenster in dem Augenblick, als die ersten SEK-Männer oben in der Tankstelle den Zugriff einleiteten.

Nur noch ein alter, verrosteter Fensterschachtsteigrost versperrte dem Räuber den Weg. Er atmete tief durch. *Scheiße, Scheiße, Scheiße,* die Qualmerei und überhaupt das Lotterleben standen ihm vor Augen. Dennoch war er fit und hatte Ausdauer. Wenn jemand behauptet hatte, bumsen macht die Beine schlapp, hatte er immer nur gelächelt, mitleidvoll geschaut und gesagt: "Tja, musste halt mal deinen Schwanz benutzen!" Aber das war jetzt unwichtig.

Hinter sich hörte er Geräusche. Es klang wie eine kleine, dumpfe Explosion. Waren die Bullen schon hier oder kam das vom niedergeschlagenen Tankwart? Er hatte keine Zeit, darüber nachzudenken. Leise drückte er von unten gegen das letzte Hindernis, den Fensterlichtrost. Er legte all seine Kraft hinein. Das zur Sicherheit bereits vor langer Zeit angebrachte Vorhängeschloss war total verrostet. Glück, Fügung, Schicksal? Das spielte jetzt keine Rolle, denn das Schloss gab geräuschlos nach. Er schob das Gitter beiseite und konnte die Längswand der Tankstelle überschauen. Seiner Meinung nach befand sich die Polizei auf der anderen Seite. Er sah nur den Imbiss, der ihm seit einigen Wochen als Beobachtungs- und Ideengeber gedient hatte. Und genau dort lief nun ein vermummter Beamter. Es war der erste, den er real und nicht nur auf dem Monitor sah. Der Beamte lief in Richtung der Tanksäulen.

Mehr instinktiv rollte sich der Räuber aus seiner Deckung und fing an, in die andere Richtung, vom Imbiss weg, zu rennen. Knapp zehn Meter entfernt standen Mülltonnen, über die er auf eine Mauer und von dort aus in den Hinterhof eines Getränkemarkts gelangte. Er rannte durch eine schmale Gasse, während die ersten Einsatzkräfte ebenfalls aus dem Kellerschacht auftauchten. Die Leuchtkegel ihrer Lampen strahlten in die Dunkelheit.

Als bereits die erste Hilfe für das Opfer anlief, rannte der Räuber weiter, von Furcht getrieben und gehetzt wie ein Tier. Gedankenlos und ohne auch nur einen Blick hinter sich zu werfen, rannte er in eine Straße hinein und bog in andere ab. Karree für Karree. Allee für Allee. Er wusste nicht mehr, wo er sich befand, als ihn die Lunge zwang, stehenzubleiben. Er taumelte noch in den Hauseingang Nummer 63 hinein und kotzte die geschreinerte, mit Wurzelholz überzogene Furnierholztür und die gedrechselte Säulenpracht aus Kastanienholz im Hausflur voll. Alles in ihm brannte und sein Herz hämmerte wie verrückt. Aber außer ihm erinnerte sich später nur noch der Hauswart an die Thunfisch-Spinat-Pizzareste-Sauerei, gemischt mit Bockwurst und Kaffee.

Endstation

Die Tür schließt sich und ich stehe in einem dunklen Raum, der lediglich durch das Flackern eines Fernseherbildes etwas ausgeleuchtet wird. Mein langer Schatten fiel nur kurz in den Raum, denn der Flur in der vierten Etage, von dem aus ich ihn betreten habe, war hell ausgeleuchtet. Genau wie die anderen Flure, die den Zugang in die neue Welt in gleißendem Licht erstrahlen lassen. Das leise Summen der Neonröhren begleitete mich auf dem Weg hierher.

Ich brauche einen Moment, um mich wieder an die Dunkelheit zu gewöhnen. Dann erkenne ich zu meiner Linken ein Klo, gefolgt von einem Waschbecken und einem Tisch. Auf der anderen Seite steht ein Doppelstockbett an der Wand. Die obere Matratze ist bereits belegt. Mein *Hallo* wird mit einem Kopfnicken erwidert und endlich nehme ich die fremde Sprache wahr, die plärrend aus dem Fernseher dringt. Ich stelle eine Frage, aber der Kerl auf der Matratze signalisiert mir nur, nichts zu verstehen. Ich lege mich in das untere, freie Bett und streife die Schuhe ab, die nur lose an meinen Füßen sitzen. Die Schnürsenkel hat man mir bereits vor anderthalb Tagen bei meiner Festnahme abgenommen. Seitdem verstreicht die Zeit zäh, ermüdend und mich folternd. Einmal wurde ich einer Richterin vorgeführt, die schon anhand des vorgeworfenen Delikts die Rechtmäßigkeit der Haft bestätigte.

Jetzt liege ich wenigstens in einem Bett, auch wenn es nicht bequem ist. Ich schließe die Augen und genieße einen Augenblick die Dunkelheit. Endlich kein grelles Licht mehr! Ich versuche, etwas zu entspannen und es gelingt mir nach einiger Zeit sogar, die Geräusche des russischen TV-Senders herauszufiltern. Nach einer Weile öffne ich die Augen wieder und sehe nach oben zur Holzplatte, die das Gewicht des Mannes über mir trägt. Ich versuche, das Gekritzel der Vorgänger darauf zu entziffern. Es müssen viele gewesen sein, aber in den letzten 36 Stunden habe ich schon mehr als genug von diesen Schmierereien gesehen. Mein Interesse an den Hieroglyphen verebbt erwartungsgemäß schnell. Fremde Namen, Beschimpfungen, Schuldzuweisungen und die verschiedenen Haftgründe der anderen sind mir egal. Es sind Nachrichten aus einer mir bis dahin fremden Welt, mit denen ich nichts anfangen kann. Endlich übermannt mich vor Erschöpfung der Schlaf, und meine Fragen und Ängste haben eine Zeitlang Sendepause.

Alles, was ich habe, ist ein rotes Stück DIN-A4-Papier. Die fette Überschrift darauf besteht aus einem Wort: *Haftbefehl*. Darunter folgt die Begründung. Sie beruht in erster Linie auf den Aussagen eines Casimirs, eines Kackratsus und eines Donlinsgis. Einen von denen kenne ich *leider*. Das dachte ich wenigstens, denn genau der hat immer auf Mafiosi gemacht, stets betont, wie gut er seine Rechte kenne und wie geschickt er Polizei und Gerichte angeblich vorgeführt habe. Genau er hat mir immer vorgebetet, nie etwas sagen zu dürfen. Was soll ich getan haben?!

Die Situation überfordert mich und zwei Stunden später geht das Licht plötzlich an. Die Tür wird wieder geöffnet und ich erkenne zwei Häftlinge an der Kleidung. Sie teilen das Essen aus, 4 Scheiben Brot und ein Stück Wurst. Außerdem wollen sie die Schüssel, die ich bekommen habe, um Tee einzufüllen. Neben ihnen steht ein Beamter und beäugt alles argwöhnisch. Ich frage ihn, ob ich duschen darf, denn in den letzten zwei Tagen hat sich keine Gelegenheit dazu ergeben. Er nickt nur und sagt, er würde mich nach der Essenausgabe abholen. Aber er fragt auch, ob ich Seife habe.

Als sich die Tür eine gefühlte Ewigkeit später wieder öffnet, ist es tatsächlich der Beamte. Er hat ein Stück Seife in der Hand, bringt mich zum Duschraum und schließt mich dort ein. Ich soll klingeln, wenn ich fertig bin. Das kalte Erwachen lässt nicht lange auf sich warten. Das Wasser ist kalt. Erst später erfahre ich, dass die Gefangenen hier zwei Mal pro Woche duschen dürfen und die Zeitschaltuhr fürs heiße Wasser dann acht Minuten eingeschaltet ist. Lächerlich in Anbetracht der Tatsache, dass viele Gefangene diese Zeit auch nutzen müssen, um ihre schmutzige Kleidung notdürftig auszuwaschen. Aber diese Zusammenhänge erschließen sich mir erst später. Jetzt bin ich froh, mich zähneklappernd duschen zu dürfen.

Der nächste Tag verspricht eine erste Verbesserung meiner Situation. Da ich nichts Privates habe, geht die Verlegung in eine andere Zelle schnell. Endlich allein! Es ist Sonntag.

Am Montag werde ich erneut verlegt. Diesmal in die Teilanstalt II. Das mir bekannte Etagenbett steht auch hier und ich muss wieder unten schlafen. Aber der neue Mitbewohner spricht Deutsch und ich kann mich endlich mit jemandem unterhalten. Ein gutes Gefühl, denn Weihnachten steht vor der Tür. Auch mein Anwalt kommt, zahlt Geld auf mein Haftkonto ein und benötigt einige Unterschriften von mir. Ich soll mir keine Sorgen machen, meint er und geht wieder. Es ist Mitte Dezember: kalt, dreckig, kahl und ungemütlich. Dieser Zustand bringt alles auf den Punkt. Das Wetter, die Zelle, meinen Gemütszustand.

Das Geld auf meinem Haftkonto bringt mir vorerst nichts, denn ich erfahre, vor Weihnachten gibt es keine Lieferung von Lebensmitteln und Hygieneartikeln mehr. Tolle Aussichten und auch die Zeit scheint gerade stillzustehen. Nur das Schließgeräusch der Türen, wenn dreimal täglich das Essen gebracht wird, verrät mir, es ist nicht so. Ich fühle mich ohnmächtig. Meine Realität scheint aussichtslos und unlösbar. Das Nichtwissen über meine Situation nährt die Ängste. Soll mein Leben so enden? Bleibe ich für immer in so einem Loch? Was ist mit meiner Wohnung, der Frau, den Kindern, der Firma? Es gibt keinen Kontakt, kein Gespräch, keine Klarheit. All das wird sich im Nachhinein als nebensächlich erweisen, aber momentan beschäftigen mich diese Gedanken qualvoll peinigend.

Ich wechsele den Anwalt, weil ich die Prozesskosten des bisherigen nicht zahlen kann. Ein fataler Fehler, wie sich später herausstellen wird. Mein neuer Anwalt, nennen wir ihn Herrn Feigling, einigt sich mit mir auf einen Pauschalpreis von 25.000 Euro. Er erzählt mir nicht nur, wie gut er sei, sondern dass er auch die Richter kenne und schon etliche große Fälle zu Gunsten seiner Mandanten erstritten habe. Ich werde nicht dazu gehören, aber rückblickend ist man immer schlauer. Aber er engagiert sich, scheinbar zumindest. Oft zitiert er meine Mutter für wichtige Fragen nach Berlin in seine Kanzlei und sie nimmt die 400 km lange Fahrt jedes Mal auf sich. Dort angekommen, bekommt sie meist zu hören, wie teuer das Verfahren sei. Anfangs erhält sie noch Quittungen, aber mit Beginn des Prozesses entfallen auch diese. Die Erfolgsprämie fordert er schwarz. Herzlich Willkommen in der Realität. Für die trotzdem gezahlten 56.000 Euro hätte ich den ersten Anwalt behalten können. Zwischendurch stellt er mir immer wieder den Freispruch in Aussicht. Seine Worte brennen sich in mein Gedächtnis ein und lassen mich die Schmach und die Scham in der Verhandlung ertragen. Sie entfachen dabei stets etwas Hoffnung, denen sofort neue Ängste und Empörungen folgen. *Warum ich?* ist die mich ständig begleitende Frage, für die es lange keine Antwort gibt.

Heute kenne ich sie. Mein Umgang bestimmt, wer ich bin und das Gericht stellt nüchtern fest: *besonders verachtenswert*. Ich gehöre lebenslang ins Gefängnis. Die vielen Bilder in meinem Kopf verhindern während der Urteilsbegründung die weitere Informationsaufnahme. Ein kurzer Blick zu meiner Mutter bleibt. Mein Anwalt ist bei der Urteilsverkündung nicht zugegen. Wahrscheinlich kann er den Weg zurück von der Kantine in den Gerichtssaal nicht finden. Das Gebäude ist immerhin das größte Kriminalgericht Europas und die Pfade durch diesen Dschungel sind unergründlich.

Am Ende des Prozesses werde ich wieder durch viele Türen – genau wie die 22 Mal davor – geschleust, bis ich wieder vor der meinigen lande. Sie ist nur 1,80 m hoch, aber im Laufe des letzten Jahres konnte ich mich an das Kopfeinziehen gewöhnen. Auch die Umgebung strahlt mittlerweile eine Vertrautheit aus, die erschreckend ist. Bekleidet krieche ich in meinem Bett unter die Decke. Es ist kalt und unbehaglich, farblos und trist. Der minimale Lichteinfall gleicht die Zelle wieder meinem Gemütszustand an. Ich bin mittlerweile nicht nur allein in meiner Zelle, nein, ich fühle mich allein wie noch nie in meinem Leben. Alles scheint unerreichbar weit weg und düster. Die Zukunftsprognosen versprechen keine Besserung. Ich stehe immer noch vor Türen, die keinen Durchgang ermöglichen, doch ich bin wieder im Besitz von Schnürsenkeln.

Bob der Baumeister

Alle nannten ihn Bob den Baumeister. Ich weiß nicht warum, aber er war bekannt wie ein bunter Hund in unserer Anstalt. Das Einzige, was ich wusste, war, er hatte im großen Stil mit Drogen gedealt. Irgendwann traf ich ihn allein im Hof und wir liefen ein paar Runden zusammen. Dabei erzählte er mir unaufgefordert und völlig freimütig seine Geschichte. Ich kam aus dem Staunen nicht mehr heraus. Alles fing mit seiner langen Karriere im Rotlichtmilieu Dresdens an, gespickt mit diversen Aufenthalten in der deutschen Knastlandschaft. Das war aber nicht das Kernstück, sondern nur die Ouvertüre zu anderen Aktivitäten, die mit den Jahren derart perfektioniert wurden, dass es interessant und lustig war, ihm zuzuhören.

Als er 2005 nach sieben Jahren aus dem Knast kam, stand er vor einem Neubeginn und musste sich etwas überlegen. Den damaligen Aufenthalt bekam er wegen räuberischer Erpressung. Seiner Meinung nach hatte er jedoch nur sein Geld zurückholen wollen. Aber das war Geschichte. Wieder in Freiheit, nutzte er seine alten Kontakte und das mündete direkt im Drogenhandel. Was dann kam, hatte er nicht geplant, aber für die Gewinnmaximierung war es das Beste und die eingegangenen Risiken sollten sich schließlich rentieren. Sein Ziel war es, einen unabhängigen, eigenen

Ring mit sicheren Vertriebswegen aufzubauen. Er wurde schnell fündig. In kürzester Zeit suchte er sich einen Lieferanten in Kolumbien, flog deshalb über Bogota nach Cali, und mit Hilfe der Kontaktperson konnte diese Verbindung dauerhaft installiert werden. Es hörte sich alles sehr einfach und logisch an, aber es steckte viel Arbeit dahinter.

Der nächste Schritt war der Aufbau einer Firma im andalusischen Cadiz. Cadiz wählte er deshalb aus, weil es eine Hafenstadt und die Schiffsverbindung nach Brasilien ein kurzer und direkter Weg war. Die Route stand fest: Kolumbien-Brasilien-Südspanien. So weit, so gut. Die Firma in Cadiz betrieb offiziell Spielzeughandel. Doch es hätte auch ein Holzhandel, ein Sanitärfachhandel oder ein Kfz-Handel sein können. Hauptkriterium war, dass sich die Drogen gut und unauffällig verstecken ließen. In Cadiz geriet er an einen Luis, der fünf Sprachen beherrschte und bis zum letzten Tag nichts von seinen Aktivitäten wusste. Für Luis war er der spleenige Deutsche, der keine Kreditkarten besaß und noch einige weitere Macken hatte. Diese sogenannten Macken dienten natürlich einzig und allein dem Ziel der Verschleierung und des Nichtentdecktwerdens. Er erzählte mir auch ganz offen, wie paranoid er in jener Zeit war, weil er hinter jeder Ecke und jeden Winkel etwas vermutete. So war es auch nicht verwunderlich, warum Bob der Baumeister, der übrigens Marc hieß, ledig war und keine Kinder hatte, aber das konnte ich mir schon zusammenreimen.

In weiteren Erzählungen brachte er es auf den simplen Punkt: das ganze Geschäft bestand nur aus Logistik. In Berlin hatte er die entsprechenden Bunker-Wohnungen. Drei an der Zahl und hübsch verteilt in der Stadt. Bei diesem Katz- und Mausspiel behielt er stets den Überblick. Es blieb nicht aus, dass die Ermittlungsbehörden auf ihn aufmerksam wurden, aber er war bestens gewappnet. Richtmikrofone? Telefonüberwachung? Lächerlich! Wenn er mit seinem Abnehmer essen ging, wurde im Restaurant nicht ein einziges verfängliches Wort gesprochen, denn der Restaurantbesuch an sich war das Zeichen dafür, dass die Bunker-Wohnung *bestückt war* und nur darauf wartete, geleert zu werden. Sein gesamtes System war sehr ausgeklügelt und der Erfolg gab ihm recht. Doch mitunter stellten sich Probleme ganz anderer Art dar. Was macht man mit den vielen Bargeldern? Wie funktioniert Geldwäsche? Plötzlich hält man in England zwei große Koffer in den Händen, weil der größte Geldschein eine 50 Pfund-Note ist.

Aber wie dem auch sei. Die ganze Sache lief sechs Jahre lang hervorragend, und nur Kommissar Zufall war es zu verdanken, dass sie letztendlich doch aufgeflogen ist.

Der Spielzeughandel lief ordnungsgemäß und unverdächtig. Die Drogen wurden in Brasilien in den Spielzeugen versteckt und landeten dann im Hafen von Cadiz. Nicht geplant war, dass ein Kurierfahrer an der spanisch-französischen Grenze mit 70 kg aufflog. Eigentlich noch kein Beinbruch, denn es konnte nichts zurückverfolgt werden. Zeitgleich ereigneten sich aber andere Missgeschicke, die sehr wohl verräterische Spuren hinterließen und neue Erkenntnisse für die Behörden brachten. Unterdessen war der nächste Frachter aus Brasilien unterwegs und ließ sich nicht stoppen.

Im Hafen von Cadiz kamen die Container mit den Spielzeugen an. Es handelte sich hierbei um Plastikautos, Plastikbagger und Plastikeisenbahnen. Die Modelle für Drei- bis Fünfjährige wurden deshalb ausgewählt, weil deren Größe die besten Versteckmöglichkeiten boten. Was nicht geplant werden konnte, war der Zöllner, der in den Container schaute und das auch nur, weil sich ausgerechnet dieser Container aus zehn Meter Höhe vom Haken des Krans löste. Fast hätte es dabei einen tragischen Unfall gegeben. Nun wollte der korrekte Beamte nachsehen, was mit der Ladung passiert war. Nur deshalb öffnete er den Container, riss einen großen Pappkarton auf und nahm einen der Plastikbagger heraus. Dabei fiel ihm auf, das Gewicht dieses Plastikspielzeugs war viel zu schwer. Sein Sohn war vier Jahre alt und so hatte er genug Erfahrung mit solchen Spielsachen. Seine Neugier war geweckt. Er untersuchte den Bagger gründlich und fand das Kokain. Über die Frachtpapiere konnte die Spur zurückverfolgt werden. Der Rest war dann nur noch Routine.

Für Marc begann eine Verfolgungsjagd quer durch Europa, die in Barcelona ihr unrühmliches Ende fand. Das zumindest aus seiner Sicht. Der Fahndungsring hatte sich immer enger um ihn gezogen, und mittlerweile kam er auch nicht mehr an seine Bargeldreserven heran. Von seinen acht Jahren Haftstrafe hat er mittlerweile drei abgesessen, macht eine Ausbildung als Tischler und hofft, bald in den offenen Vollzug zu kommen.

Der Paradiesvogel

Als wir uns beim Chat über den Weg liefen, sah alles so vielversprechend aus. "Wollen wir uns mal treffen?", hatte sie gefragt und ich mit Ja geantwortet. Ich muss zugeben, den Chat nicht mit meinem richtigen Namen betreten zu haben und ging deshalb davon aus, dass auch sie zwar irgendwie, aber in jedem Falle nicht Claudia hieß. Alles sprach dafür, mit dieser Annahme richtig zu liegen. Wäre es auf dem Hotelzimmer nicht so langweilig gewesen, ich hätte nie diese Website aufgemacht und mich auf das Abenteuer eingelassen. Aber hätte, wäre, wenn … Ich war in einem kleinen Kaff, ich war online und sie wohnte nicht weit davon entfernt. Sie hatte sich nur kurz beschrieben, meinte als Entschuldigung, wegen ihrer Ehe wolle sie kein Foto ins Netz stellen und außerdem sei sie sowieso nur an einem zwanglosen Treffen interessiert. *Ich mag es an öffentlichen Plätzen*, waren die Worte gewesen, die mich zu neugierig machten. Wir chatteten eine Weile und ich erfuhr das eine oder andere über sie. Verheiratet, unglücklich, vernachlässigt waren unschlagbare Argumente von ihr, gepaart mit dem Hinweis, der Ehemann habe den Zenit seiner Möglichkeiten bereits lange hinter sich gelassen. Es gab einige Hinweise mehr, die mich zu der Überzeugung hatten gelangen lassen, es könnte sich lohnen, die paar Kilometer vom Hotel aus in Kauf zu nehmen. Also stieg ich in meinen Wagen und fuhr zu der Stelle, wo wir uns treffen wollten. Sie wartete dort bereits auf mich und ihre Beschreibung war zutreffend. Anfang dreißig, schwarzes, langes Haar, schlank, kleine Oberweite und sehr attraktiv. Mit welchem Wagen sie kam, weiß ich nicht. Sie wartete bereits auf meine Ankunft, rauchte dabei eine Zigarette und sah direkt zu mir, als ich auf den Parkplatz fuhr. Ohne viele Worte stieg sie zu, sagte lächelnd *Hi*, und dirigierte mich zu einer Stelle, die ihrer Meinung nach für unser kleines Tête-a-Tête bestens geeignet war. Claudia war hungrig, genau wie sie es angekündigt hatte. Wir blieben eine Stunde, dann brachte ich sie wieder auf den Parkplatz und fuhr zurück zum Hotel. Sie schien zufrieden gewesen zu sein, sonst hätte sie nicht gefragt, ob wir das wiederholen könnten. Ich war es auch, und so sprach nichts dagegen. Ich gab ihr eine nichtssagende Emailadresse, die ich aus einer Laune heraus hatte registrieren lassen. *Paradiesvogel4you@googlemail.com* fand ich damals witzig.

Ich war beruflich wieder viel unterwegs und die Erinnerungen an das kleine Abenteuer bereits verblasst, als eine Nachricht in meinem Postfach einging. *Heute hätte ich Zeit, Claudia*, war alles, was sie geschrieben hatte. Ich musste nicht lange überlegen, und nachdem der Zeitpunkt unseres Treffens geklärt war, setzte ich mich in mein Auto und fuhr von Berlin nach Neuruppin. Manchmal lassen uns die Hormone schon merkwürdige Entscheidungen treffen, aber im Moment war sie die einzig Richtige. In den nächsten Monaten wiederholten wir das Spielchen ab und an. Es war ein gewisser Nervenkitzel dabei, das gestehe ich unumwunden ein. Claudia sah das wohl genauso. Als wir uns verabschiedeten, meinte sie nur *Bis bald.*

Ich hatte etwa ein Jahr lang nichts mehr von ihr gehört und die Sache schon fast vergessen, als sich plötzlich zwei schwarze Kleinbusse in mein Leben schoben. Einer vor meinen Kombi und der andere dahinter. Eine Horde maskierter Männer stürmte heraus. Sie richteten ihre Waffen auf mich. Erst dachte ich an einen Überfall – und der war es ja auch –, aber die Männer erwiesen sich als Mitglieder einer Spezialeinheit, die gewaltbereite Täter dingfest machten. Ich war mir sicher, dass es sich nur um eine Verwechslung handeln konnte. Nachdem ich brutal aus dem Auto gerissen worden war, wies ich mit zitternder Stimme, dabei wurde mein Gesicht auf den Asphalt gepresst, darauf hin, dass mein Kunde in Leipzig auf mich wartete. Ich wurde vorläufig festgenommen. Bei der Prüfung meiner Personalien ging es rabiat zu, doch ich war mir immer noch sicher, mit jemandem verwechselt worden zu sein. Das umso mehr, als mir der Grund der Festnahme genannt wurde. "Wegen schwerer Vergewaltigung", hieß es lapidar. Dann wurde mir der richterliche Beschluss eröffnet, der mich zur Abgabe einer DNA-Probe zwang. Die hätte ich auch freiwillig abgegeben, schließlich hatte ich mir nichts vorzuwerfen.

Beim Polizeiverhör wurde ich gefragt, ob ich eine Tina S. kenne. Ich verneinte die Frage. Das war auch die Wahrheit und nichts als die Wahrheit. Dann zeigte mir die grimmig dreinschauende Ermittlerin Fotos, und irgendwie kamen mir das Gesicht und der Körper darauf bekannt vor. Alles ähnelte Claudia, zumindest was Haare und Figur betraf. Die Hämatome machten die Freude über ihre Bilder zunichte. Dann wurde ich gefragt, ob ich Neuruppin kenne, was ich ehrlich beantwortete. Schließlich währte die Wahrheit in meinem Leben bis dahin am längsten. Darauf wies mich auch der Pflichtverteidiger hin, welcher mir

48

freundlicherweise zur Seite gestellt wurde. Die Geschäfte liefen gerade nicht so gut und mein Arbeitsausfall machte sie nicht besser. Insofern war ich froh über jedwede Unterstützung, die mir gewährt wurde. Meine Geschichte, wie er es immer nannte, wenn er ins Untersuchungsgefängnis kam, glaubte er trotzdem nicht, und so kam alles, wie es kommen musste. Auch wenn ich das Gefühl hatte, von ihm nicht verteidigt zu werden – seine Aufgabe bestehe schließlich in der Sicherung eines rechtsstaatlichen Verfahrens, wie er mir mehrfach erklärte – so kann ich nicht umhin zuzugeben, dass die Staatsanwältin und er sich gelegentlich freundlich zulächelten, wenn sie eines ihrer kleinen Wortgefechte im Gerichtssaal aufführten. Hier sah ich auch Claudia wieder. Sie kam nicht allein, sondern wurde von ihrem Ehemann begleitet, der den Zenit seiner Möglichkeiten alles andere als lange hinter sich hatte. Sie sah während ihrer Zeugenaussage hilfesuchend zu ihm, weinte auch, als sie zu mir sehen und mich identifizieren musste. Sie bestätigte, ich sei derjenige, der sie auf dem Parkplatz überfallen, ins Auto gezerrt und brutal vergewaltigt hatte.

Mein kurzes Aufbäumen und der Hinweis, sie wolle nur ihre Affäre mit mir vertuschen, wurden als Versuch, das Opfer in Misskredit zu bringen, gewertet. Der Pflichtverteidiger ermahnte mich sofort, nur noch ihn reden zu lassen, um die Höhe des Strafmaßes im Zaume zu halten. Die Beweise seien eindeutig, meinte er, und als sie aufgezählt wurden, konnte ich nur noch resigniert das Ende der Litanei abwarten. Alles sprach gegen mich, vor allem das in der Scheide des Opfers sichergestellte Sperma, welches mir dank des DNA-Tests eindeutig zugewiesen werden konnte. Warum nur hatte ich mich von ihr überreden lassen, nie eines der mitgebrachten Kondome zu benutzen? Auch die

Spuren des Opfers, die in meinem Wagen gefunden wurden, belasteten mich stark. Dabei hatte ich doch die Rücksitzbank nur umgeklappt, und die dadurch entstandene Fläche mit einer weichen Wolldecke ausgelegt, um es uns gemütlicher zu machen. Einige Haare, aber auch Körperflüssigkeiten von ihr, wurden darauf gefunden. Sie belegten, wie rücksichtslos ich die Triebtat geplant und ausgeführt hatte. Das letzte Indiz dieser Kette ließ mich nur noch enttäuscht den Kopf schütteln. Die Haut- und Blutspuren, die unter den Fingernägeln des Opfers sichergestellt worden waren, gehörten zweifelsfrei zu mir. Sie bewiesen, wie diese schwache, hilflose Frau verzweifelt versucht hatte, sich zur Wehr zu setzen. Ich verzichtete darauf zu erwähnen, dies seien nicht die Spuren eines Kampfes, sondern ihres Orgasmus, währenddessen Dauer sie ihre Finger voller Lust in meinen Rücken gekrallt hatte. Mittlerweile wusste ich, die Richter würden mir einige Monate mehr für die Verhöhnung des Opfers aufbrummen. Außerdem waren ihre Spuren auf meinem Rücken bereits bei der Festnahme lange verheilt gewesen. Ich fragte mich nur, warum zwischen diesen beiden Ereignissen so viel Zeit vergangen war? Doch auch dafür fanden sich zufriedenstellende Antworten. Mein Opfer habe in der Situation Angst um sein Leben gehabt, und es sei ihm nicht anzulasten, sich in dem Moment, als ich es aus dem Auto stieß, das Kennzeichen nicht gemerkt zu haben. Die Schürfwunden an den Knien und Ellenbogen waren Beleg genug für dieses Szenario. Nur der Erfahrung und dem akribischen Suchen des Ehemannes sei es zu verdanken, mich überhaupt gefunden und dingfest gemacht zu haben. Erst jetzt erfuhr ich, er war Polizist.

Das Plädoyer der Staatsanwältin hielt noch einige Neuigkeiten mehr für mich bereit. Sie berichtete, wie meine Ex-Frau als Zeugin vernommen worden war und der Polizei anvertraut habe, es sei während unserer Ehe häufiger zu erzwungenem Geschlechtsverkehr gekommen. Nur die Peinlichkeit eines öffentlichen Prozesses habe sie damals gehindert, gegen mich vorzugehen. Heute bereue sie ihre Feigheit. Viel Leid wäre dem Opfer erspart geblieben, wenn sie mehr Courage gezeigt hätte. Ich konnte nur vermuten, ob es ihre späte Rache für unsere gescheiterte Ehe war, fragte meinen Pflichtverteidiger jedoch, warum er mir auch dieses Aktenmaterial nicht gezeigt hatte. Es sei für den Prozess und die Urteilsfindung unwichtig gewesen, meinte er nach der Verkündung meines Strafmaßes. Es waren acht Jahre.

Immerhin legte er für mich Revision ein. Sie bestand aus einem Satz. *Ich rüge materielles Recht*, las ich, konnte damit jedoch nichts anfangen. Als die Antwort ein halbes Jahr später eintraf, ahnte ich bereits, was darinstehen würde. Es war ebenfalls nur ein Satz. *Die Revision wird als unbegründet verworfen.* Ich nahm es hin, ärgerte mich jedoch über die exorbitanten Kosten des Revisionsverfahrens. Aber Spezialisten haben ihren Preis und was nichts kostet, taugt bekanntlich nichts. Als kleinen Trost malte ich mir gelegentlich aus, wie Claudias Mann sie vermöbelt haben musste. Für mich hieß sie immer noch Claudia. Das ist auch bis heute so geblieben. Nicht, dass ich Gewalt gegen Frauen gutheiße, aber immer öfter wünschte ich mir, der Ehemann hätte ihr meinen Anteil mit eingebläut. Das war meist dann der Fall, wenn ich selbst auf die Fresse bekam. Diese neue Erfahrung machte ich nach meiner Verlegung aus dem Untersuchungsgefängnis Moabit in die Justizvollzugsanstalt Tegel. Mein Urteil sprach sich leise herum. Aus der schweren Vergewaltigung wurde schnell Kindesmissbrauch, aus dem Paradiesvogel ein Kinderficker. Gelegentlich wurde ich auch Päderast genannt, aber ich bin mir relativ sicher, die Wenigsten, die das Wort zu mir sagten, wussten auch, was es bedeutete. Trotzdem war ich an der untersten Stufe der Knasthierarchie angekommen. Bedienstete schauten weg, Drogenjunkies oder Anwärter der Bandidos stellten für ein oder zwei Päckchen Tabak ihren ganzen Mut unter Beweis. Sie warteten meist in der Dusche auf mich, behaupteten, alles von der Sozialarbeiterin über mich erfahren zu haben. Leugnen war zwecklos.

Auch diese Zeit überstand ich, wurde irgendwann in die Sozialtherapeutische Anstalt verlegt, in der man Sexualstraftäter wie mich behandelte. Meine Geschichte wurde auch hier als das entlarvt, was sie war: Eine Geschichte meiner Uneinsichtigkeit, meines Verdrängens und natürlich meiner latenten Wiederholungsgefahr. Ich solle endlich das Urteil akzeptieren, empfahl mir der Gruppenleiter, der zugleich mein Therapeut war. Er war schwul, ich war es nicht. In der Folge fand ich mich damit ab, nicht einen Tag vorzeitig entlassen zu werden. Doch der erlösende Tag kam näher, auch wenn ich oft das Gefühl hatte, die Zeit stünde still. Ich war nicht nur eingesperrt, ich war gefangen in einer Zeitblase. Als sie platzte, wurde ich in die Hektik der Großstadt hinausgeschleudert. Genau wie in der Blase, so lernte ich auch außerhalb den aufrechten Gang. Die neuen Möglichkeiten faszinierten mich sogar. Nachdem ich die notwendigen Anträge gestellt und mein Leben einigermaßen organisiert hatte, beschäftigten mich nur noch zwei Fragen: Warum war das alles passiert, und weshalb hatte es mich getroffen?

Also zog ich los und bereitete mich auf die Beantwortung vor. Ich besorgte mir eine großkalibrige Argumentationshilfe, einen alten, aber zuverlässigen Wagen sowie ihre

Adresse. Zu guter Letzt füllte ich einen alten Aktenkoffer mit unentbehrlichen Utensilien.

Es war einer dieser milden Oktobertage, als ich mich morgens auf den Weg nach Neuruppin machte. Claudia wohnte noch immer hier. Ein paar Mal fuhr ich unauffällig an ihrem Haus vorbei und beobachtete es aus sicherer Entfernung. Dann sah ich sie. Sie stand auf der Terrasse im Obergeschoss und rauchte. Sie sah immer noch gut aus, war genau wie ich um acht Jahre gealtert und wirkte nervös. Gierig zog sie am Glimmstängel und inhalierte den Rauch tief. Sie blies ihn durch die Nase aus. Dann stippte sie den Stummel geschickt über den Zaun. Er landete auf dem Bürgersteig. Einige Male sah sie sich nach rechts und links um. Wartete sie auf jemanden? Claudia sah auf ihre Uhr. Ein Auto kam die Straße entlanggefahren und hielt vor dem Haus. Aus dem Wagen stieg: *Er*. 'Läuft ja wie am Schnürchen', dachte ich und spürte die innere Ruhe, die mich plötzlich erfasste. Alles war so klar, einfach nur logisch und konsequent. Ich schraubte in aller Ruhe den Schalldämpfer auf die Pistole, kontrollierte das Magazin und lud die Waffe durch. In der tiefen Tasche meines weiten Lodenmantels fiel sie nicht auf. Dann stieg ich aus, griff nach meinem Aktenkoffer und ging mit festem Schritt zu ihrem Haus. Im Geiste spielte ich die möglichen Szenarien noch einmal durch und hoffte, dass der erste Schuss säße. Ich musste das Bullenschwein in den Oberschenkel oder ins Knie treffen, um ihn leichter überwältigen zu können. Meine im Knast erlernten Kampftechniken sollten mir jetzt gute Dienste erweisen. Meine Sorge war jedoch, Claudia könnte die Tür öffnen und sofort losschreien. Mein Überraschungseffekt wäre dahin. In dem Fall musste ich ihr sofort einen Bauchschuss verpassen und auf den heranstürmenden Ehemann warten. Genau das wollte ich nicht, auch wenn es am Gesamtplan nichts änderte. Meine unbeantworteten Fragen standen im Vordergrund und das hieß nur eins: vor ihrem Tod mussten mir die beiden alles erzählen. Genau deswegen hatte ich den Aktenkoffer dabei. Ich war mir sicher, der breite Hammer würde bei der bevorstehenden Metamorphose einer Hand in eine Schwimmflosse unschätzbare Dienste leisten. Die Zangen waren für die Pediküre vorgesehen und wenn das noch nicht reichte, dürfte die kleine Astschere seine selbsterklärende Wirkung auf das Traumpaar entfalten. Der Deal war ganz simpel: Je besser die Antworten, desto schneller und schmerzfreier ihre gemeinsame Hinrichtung. Allerdings war ich Realist genug, um nicht nur von zwei sauber platzierten Nackenschüssen auszugehen. Sie hatten mein Leben zerstört und die Zeit der Vergeltung war endlich gekommen. Ich hatte höchstens 24 Stunden für unser Rendezvous vorgesehen, aber es würde für die beiden eine Ewigkeit dauern. Doch was war das gegen meine acht Jahre. Es waren exakt 70.128 Stunden gewesen, in denen ich gelitten und mich auf diesen Moment gefreut hatte. Wieder und wieder hatte ich ihn mir in den buntesten Farben ausgemalt und manchmal sogar davon geträumt. Das hatte mich die endlose Zeit überstehen lassen.

Jetzt war ich am Gartentor angelangt. Es stand offen. Aufs Äußerste gespannt sah ich mich letztmalig auf dem Bürgersteig um. Er war menschenleer. Mir war klar, dass ich nach dem Doppelmord keine große Chance hatte, meiner erneuten Verhaftung zu entgehen. Doch jetzt stand ihr Prozess im Vordergrund. Ich wusste, was erst bei Gericht und später im Knast auf mich zukäme. Es war unwichtig. In der Hierarchie würde ich nach der erfolgreichen Durchführung der Aktion ganz oben stehen, so viel war sicher. Wichtig war jetzt nur, dass ich genügend Zeit hatte, um die Antworten auf meine wichtigsten Fragen zu bekommen. "Eine bessere Gelegenheit wird es so schnell nicht mehr geben", ermahnte ich mich und klingelte an der Tür.

Der Ruf des Gongs nach den Bewohnern verschaffte mir eine Gänsehaut, die mich sanft am Rücken verwöhnte. Für solche Genüsse war gerade nicht der richtige Zeitpunkt, trotzdem hielt die Bewegung meiner Hand kurz inne, bevor sie in meiner Manteltasche verschwand und den kühlen Stahl fest umklammerte. Ich hörte Getrampel, das nicht zu meinen Vorstellungen passte, und plötzlich wurde die Tür aufgerissen. Zwei etwa neunjährige Mädchen standen davor und sahen mich mit großen Augen an. Sie hatten dieselben Jacken und Schuhe an. Ich fühlte mich wie vom Blitz getroffen, als ich in ihre fragenden Gesichter sah. Sie waren identisch und versetzten mich in Schockstarre. *Äh ..., hallo.* Mehr brachte ich nicht heraus, konnte aber gleichzeitig nicht den Blick von ihnen lassen. Ich war in einer Zeitschleife gefangen. Ich sah das Foto meiner Mutter und ihrer Schwester – meiner Tante – vor mir, welches sie als Kinder zeigte. Die beiden, jetzt vor mir stehenden Mädchen, waren die besten Kopien, welche die Natur erschaffen konnte. Die Grübchen an den Wangen und der winzige Leberfleck an ihren Oberlippen waren unverkennbar. Er befand sich genau dort, wo mein Bärtchen ihn vor Jahren verdeckt hatte.

"Sie wollen bestimmt mit unserer Mutter sprechen?", sagte die eine der beiden, und ich bin mir sicher, mit meinem Gestammel wie ein Idiot gewirkt zu haben. "Ja, genau das wollte ich. Ist sie zu Hause?"

Das Gezeter, das auf einmal von oben zu hören war, brachte mich noch mehr aus dem Konzept. Dann hörte ich Schritte und wenige Sekunden später stand Claudia vor mir.

Sie wirkte geschockt, als sie mich sah, fing sich aber sofort wieder. "Ich weiß, dass wir einen Termin haben, aber können Sie in einer halben Stunde noch einmal wiederkommen? Es ist momentan sehr ungünstig. Mein Ex-Mann holt die Kinder gerade ab und naja … Sie haben bestimmt mitbekommen, was hier los ist. Er fährt mit unseren Töchtern in die Ferien." Mit flehendem Blick sah sie mich an und strich dabei einem Mädchen über den Kopf. "Geht eurem Vater bitte helfen!", sagte sie, ohne ihre Augen von mir zu lassen.

Mit unseren Töchtern, hallte es durch meinen Kopf. Ich sah den Mädchen nach und nickte.

"Dann bis später", meinte sie. Ihr Lächeln wirkte erleichtert. Es machte sie fast so schön wie Claudia.

Ich wollte mich gerade umdrehen und wieder zum Tor gehen, als mir eine Frage durch den Kopf schoss. Ich hielt in der Bewegung inne. "Wusste Claudia, was sie tat?"

"Das wusste sie und hatte leider keine Wahl", antwortete Tina ernst. "Der Paradiesvogel hat ihr ein paar Wochen vorher ein Ei ins Nest gelegt. Sie musste es beschützen. Ein Fuchs hätte es fast aufgespürt", ergänzte sie leise.

Ich nickte bedächtig. "Danke", war alles, was ich sagen konnte. Gelassen spazierte ich zu meinem Wagen und dachte an den Satz eines Mithäftlings. *Der Teufel ist 'n Eichhörnchen*, hatte er immer gesagt. Wie hatte ich bei der Planung die Herbstferien übersehen können? Glücklich fuhr ich zurück nach Berlin und sonnte mich in meinem neuen Verständnis.

Das Gesetzbuch

Der Teufel und ich sind eine Zeit lang gemeinsam ein Stück des Weges gegangen. Wie so manch einen hat auch er mich gebrandmarkt, aber ich habe ihn abgeschüttelt.

Was in dieser Zeit vorgefallen ist, interessiert heute keinen mehr. In meiner Erinnerung … Das ist schon falsch, denn es gibt kaum noch Erinnerungen. Nach so langer Zeit haben die Ereignisse nur noch den Aussagewert meiner mir eigenen Selbstbestätigung, die ich nicht einmal mehr als Beschönigung empfinden kann. Höchstens, dass die Umgebung der Handlung, die Farben, in denen sich das Ganze abspielte …, aber auch das muss nicht unbedingt verlässlich sein. Wahrscheinlicher ist, dass meine Merde der Vergangenheit sich als das outet, was sie war: Falsch!

Aber bei den diametralen Betrachtungen der Weltanschauungen, die mich von den hiesigen Entscheidern und Psychologen trennt, bei der Verschiedenheit der Ansichten, den Gesetzesauslegungen, die sie weniger, aber ich umso mehr, wichtig nehmen, ist es ziemlich fraglich, ob ich mit meinen Ansichten bei den *Herrschaften* durchdringen werde. Ja, wenn die suizidalen Goldfische aus einer anderen Zeit Besitzer einer Goldmine wären – oder nur Ringer oder irgendwelche Champions of the World – und Anton und Luise hießen, dann hätte ich mich nicht hierher wagen dürfen, ohne mich bei jedem zweiten Schritt an sie zu erinnern oder an mein früheres Handeln.

Jeden Tag wird mir klarer gemacht, dass mein damaliges Handeln und meine Vorstellung keinen Raum mehr einnehmen, vielmehr wie ich in der Zukunft zu sein habe. Wer kann das schon wissen? Somit werden meine Träume und meine kühnsten Heldentaten unbekannt bleiben.

Jetzt habe ich Geld in die Hand genommen, mich quasi selbst überwunden und mir ein Buch gekauft, ein Gesetzbuch. Eigentlich hätte ich es schon früher tun sollen. Einer wie ich, dessen Schwerpunkt außerhalb seiner Person liegt, irgendwo im Universum, muss einen Fixpunkt haben, sei es nur ein triviales Gesetzbuch. Dazu erfüllt es den Zweck, mein Sensorium zu füttern, genau wie ein Fernseher, der einzig dafür angeschafft wurde. Es würden aber auch schon die Informationen an der Pinnwand genügen. Nun reise ich gedanklich in das Land der Paragrafen. Aber es werden dort, so schnell wie möglich, die Anwälte auftauchen, um ihren Reibach zu machen. Man nimmt halt auf solchen Reisen sein Milieu mit. Überhaupt kann ich auf dieser Fahrt, ganz gleichgültig, wie lange die Tour geht, einen Rechtsbeistand nicht zu Hause verschimmeln lassen. Dass mir dieser Urlaub nicht behagt, nicht behagen kann, ist auch dem Paragrafenkenner aufgegangen. Aber es könnte auch möglich sein, mich in die Ming-Zeit, in das 14. Jahrhundert davonzumachen, um das große Reich von den reitenden Aggressoren zu befreien. Ich könnte dem ersten Kaiser Zhu Yuanzhang einen Besuch abstatten, ihm sozusagen meine Aufwartung machen, mich zu seinem Hofberater andienen oder auch nur zu seinem Narren. Leider bin ich kein guter Dichter, hier reicht auch das allergrößte Halluzinieren nicht aus, um an seinem Hofe eigene Gedichte zu rezitieren.

Rechtsberater wäre die einzig machbare Vision, jetzt, wo ich mich mit diesen Dingen auskenne und wo ich auch noch ein so schönes, dickes Buch mein Eigen nenne. Bestimmt würde, nach einer gewissen Zeit, ein Winkeladvokat aus meinem gedanklichen Kambrium auftauchen und ich muss die Zeche zahlen. Am Ende lande ich dann auf einer Dschunke als Leichtmatrose oder, was noch viel grausamer wäre, in einem Kerker. Der Unterschied zu meiner jetzigen Situation ist eigentlich kaum der Rede wert, vielleicht nur in kleinen Nuancen.

Die Evolution während des Kambriums hat in kurzer Zeit mehr Veränderungen hervorgebracht, als hier das Strafvollzugsgesetz seit 1977. Ich sehe schon, es ist besser, ich gehe im Hof spazieren, in der JVA Berlin-Tegel, weil es meiner Gesundheit dient, und weil das ein kurzweiliges Vergnügen ist … Was es hier zu sehen gibt? Nicht viel. Nur einen Teich, in dem Schilf wächst und in dem Goldfischlein ihren Lebensschwimmerschein machen. Über den Teich führt eine Brücke und um ihn rankt sich ein Rundweg, auf dem wir uns amüsant verlustieren und Ränke schmieden können. Ränke, die die Freiheit betreffen und das Leben danach. Vielleicht warten wir auch nur auf das, was kommen muss: die Freiheit, oder auf Krähen, die so zahlreich diesen *schönen Campus*[4] bevölkern. Die einen werden das eine geniale Einrichtung der freiheitlich orientierten, großen Stadt Berlin nennen, die Übrigen, über so viel Fortschritt Erschrockenen, werden sich vor Gram die Haare raufen. Ich aber weiß nicht, welches die Resozialisierung, welches die Gesetze und welches die Goldfische sind. In meinen Gedanken verschwimmen alle Unterschiede, werden auf das

---

[4] Lager

Minimalste komprimiert, sodass ich in dem scheinbar divergenten Urbewusstsein nicht mehr als geringfügige Unterschiede erkennen kann. Resozialisierung und das Gesetz – was für ein apokrypher Schmarren. Ich nehme das Gesetz*widrige*buch in die Hand. 'Diesen Paragrafen muss ich schon einmal gelesen haben', denke ich, oder bringt mich das Essen eines Apfels aus dem Konzept? Ja, wir dürfen Äpfel essen, denn es wurde uns lediglich die Freiheit entzogen. Ich lese Paragraf 3 des Strafvollzugsgesetzes. Im Absatz 2 wird behauptet, den schädlichen Folgen des Freiheitsentzuges sei entgegenzuwirken. Mich bringt das auf die Idee, ich könnte es hier mit einem Grundsatz zu tun haben und nicht mit einem Mettbrötchen, wobei das Mettbrötchen realer ist, mich satt und glücklich macht, der Paragraf hingegen erfüllt – wie alle Paragrafen in diesem unnützen Schmöker – keinen dieser Werte, sie sind wertlos, wenn sie nicht umgesetzt werden. "Unbedingt werden sie umgesetzt. Daran soll es hier *(nicht)* scheitern!"

Dies ist kein Paradoxon. Vielleicht bin ich nur paradox. Ich habe nur aus diesem Buch und von Knackis gelernt. Die Theorie des Buches hat etwas für sich, denn nimmt man dem Buch die Paragrafen weg, dann bleibt nichts übrig, außer, dass es sich den Spaß erlauben kann, mich zu uzen[5] und das mit aller gesetzlicher Permanenz.

Aber scheinbar ist es mit meiner Weisheit nicht weit her. Mein vielgerühmter IQ kann gerade einmal mit einer Rolltreppe mithalten, mir erschließt sich einfach die Philosophie der anwendbaren Gesetze nicht; wie es auch den meisten Richtern geht. Das peppt die Rolltreppe doch um ein Vielfaches auf. Vielleicht erreicht mich doch noch der Bazillus der

---

[5] necken

Weisheit und ich bin nicht sonderlich verschieden, sozusagen auf einer Ebene mit den Rechtskundigen und kann ihnen zeigen, wo Bartels den Most herholt. Ich fürchte, es wird noch traurig mit mir enden. Gewiss: Leute, die mit Moral in der Erziehung gefördert wurden, werden keine Verbrecher, bis auf ein paar Psychopathen (Napoleon, Hitler, Stalin und Mao). Ausnahmen? Wer weiß das schon. Was ich aber dazu bemerken möchte, ihre Freveltaten geschahen unter einem intakten *unwissenden* Rechtssystem. Was jedoch nicht zu rechtfertigen ist: anderen Menschen die kostbaren Pretiosen[6] und ihre Zeit zu stehlen, damit Unheil zu stiften, ohne das Recht daran partizipieren zu lassen wie die Psychopathen. Naja, ganz richtig sehe ich das nicht, sie haben schon ihren Nutzen aus dem System gezogen. Opportunisten?!

Das alles langweilt mich. Damit ich ein wenig unter Menschen komme, begebe ich mich in unseren Hauspark. Dort treffe ich wie gewöhnlich viel Fußvolk. Intellektuelle Ansprüche und tiefgründige Diskussionen erwarte ich hier selten. Die Gespräche drehen sich um den Vollzug, um Dinge, die von den Sozialarbeitern zugesagt wurden, doch dann geflissentlich in Vergessenheit gerieten. Das Gute ist, ich habe schon einiges versucht, geklagt, was mich Lehrgeld kostete und das Wissen einbrachte, dass mein Gesetzbuch mir nichts nutzt. Genutzt hat es den Anwälten, sie erhielten ihren monetären Anteil und die Richter ihr *Un*recht. Eine Win-win-Situation. Ich, der Delinquent, musste zahlen.

Ein nachsichtiger Naiver könnte das vielleicht nur als kognitive Verzerrung von uns Knackis bezeichnen. Verwerflicher, boshafter, gemeiner ist es schon, wenn sich her-

---

[6] wertvolle Dinge

ausstellt, dass jeder in der JVA Angestellte eine Linie vertritt, die eigene, die sich nicht unbedingt an die Gesetze drängt. Versagt der Apparat, wird es gern von den Gerichten wieder gerichtet. Ich frage mich die ganze Zeit, warum ich dieses schale Vergnügen nicht gegen einen tiefgründigen Zeitvertreib eintausche. Vielleicht nicht die Existenz von Indianern in Deutschland anzweifeln, sondern wieder Cowboy und Indianer spielen.

Es hätte auch etwas Entspannendes, eine Ente zu dressieren, die mir dann die Brotstücke vom Rasen sammelt, wenn … Klopft da schon die Hospitalisierung an meine Pforte? Ich sollte mir auch einen Pressesprecher halten, einen verhutzelten, den ich, wenn ich ein Kommuniqué oder ein Statement abgeben möchte, aus seinem Vogelbauer herauslasse. Er zwitschert dann ein bisschen und alle gehen voller Informationen ihres Weges und am nächsten Tag lese ich meine gesamten geistigen Ergüsse in den Gazetten. Das müsste eigentlich meine Deprivation[7] lindern. Ich empfehle dieses Thema unserem weltweit anerkannten Anstaltspsychologen zur Beachtung, der mich bei Gesprächsbedarf vorführen lässt und mich, sollte es opportun sein, gekonnt vorführt. Was für Gefühle und Frustrationen ruft das gesamte Konglomerat, bei uns Delinquenten, von Ungerechtigkeit hervor. Der geballte Justizklüngel kennt die Systemfehler, sie schließen verzückt die Augen, höher dotierte Stellen winken.

Noch gellt mir nur ein vielstimmiger Gesang in den Ohren. *Wir leben in einem Rechtsstaat, dem besten dieser Welt.* Wir sind die deutschesten aller je dagewesenen Deutschen und das ist die blödeste Show, bei der ich anwesend bin.

---

[7] Entzug von Liebe und Zuwendung

Selbst den Claqueuren ist die Bezahlung zu schlecht, um zu klatschen, und sie verlassen stumm den Ort ihres Nichthandelns. *Hurra, ich lebe noch! Ein Vivat auf das Recht und Gesetz.*

Das Einmaleins der Verbrecher

Das ist ein guter Junge! Wenn das ein Verbrecher über einen anderen Verbrecher sagt, dann bedeutet es eben nicht, dass er die Rechtsordnung des Gesetzes einhält. Es gibt auch nicht die klassische Unterscheidung zwischen schweren und minderschweren Verbrechen. An erster Stelle stehen Verschwiegenheit, Verlässlichkeit und Gruppenzugehörigkeit.

Die Mafia nennt diesen Verhaltenskodex Omertà. Er regelt die Schweigepflicht der Mitglieder der Organisation gegenüber Außenstehenden. Wer dagegen verstößt und mit Behörden, Gerichten und der Polizei zusammenarbeitet, ist eben kein guter Junge. Jetzt nicht mehr! Am sichersten ist man, wenn man die Partner besonders gut und lange kennt – am besten sogar mit ihnen aufgewachsen ist. Aber oft treffen bei dieser Konstellation nicht die hellsten Köpfe aufeinander, die kleinen Gauner halt.

Spätestens im Gefängnis kennt jeder jeden recht schnell oder denkt das zumindest. Doch der Verrat ist vielen schnell lieber als die eigene Bestrafung, selbst dann, wenn es nur um ein vierwöchiges Fernsehverbot geht. Selbst Menschen, die ewig unter dem Kodex gelebt haben, unterliegen häufig dieser Metamorphose. Nach einigen Jahren Haft bewirkt allein die Androhung einer Disziplinarmaßnahme, dass aus der hässlichen Raupe ein bunter Schmetterling wird. So sieht es jedenfalls der Sozialarbeiter, der die drakonische Maßnahme – sie wirkt wie ein Katalysator – in Aussicht stellt und die Verwandlung einleitet. In Wahrheit wurde aus dem guten Jungen nur ein Anscheißer oder Feigling. Nicht aus allen, aber leider auch aus Personen, die einem bis dahin lieb und teuer waren. Draußen wäre man für diese Leute gestorben, und kaum ist man im Gefängnis, lassen sie einen fallen wie eine heiße Kartoffel. *Drinnen ist drinnen – Draußen ist draußen.* Früher waren im Gefängnis auch die Anscheißer und Feiglinge geächtet, heutzutage jedoch wird schneller vergeben, als der Ablasshändler den Freischein ausstellen kann. So beruht der größte Teil der Kriminalarbeit auf Verrat. Jeder liebt die Petze, aber keiner den Verräter. Redlichkeit gibt es allerdings auch unter den wirklich schweren Jungs, sie haben halt nur moralisch verschobene Grenzen. Bei Gangstern ist ein Mord, ein bewaffneter Raub oder schwere Körperverletzung durchaus legitim, unter Umständen sogar fast Alltag. Das gilt aber nicht für Sexualdelikte, die schon immer ein Tabu gewesen sind. Doch heute wird sogar mit dieser Randgruppe gesprochen und spätestens in der Therapiesitzung werden sie fast zu Kumpeln. Schließlich will man hier auch wieder raus, und da ist ein adäquater Umgang gern gesehen. Die moralischen Grenzen haben sich verschoben, nur um einen Vorteil zu erlangen. Da reicht schon die Aussicht auf eine gute Therapiebewertung. Früher hätte mein Protagonist ihn einfach umgebracht, denn Selbstjustiz war, nach seinen Regeln und Vorstellungen, die einzig wahre Lösung. Ich habe ihn hier kennengelernt und oft gelacht, wenn er erzählte, wie sein Leben verlaufen war.

Die Geschichte handelt von ein paar Brüdern, die in der Nachkriegszeit aufgewachsen sind und ab der Pubertät stetig ihre Grenzen und Kenntnisse einseitig gefördert haben. Ja, einseitig – und damit ist nicht die schulische oder berufliche Entwicklung gemeint, wie es ihrer Mutter lieb gewesen wäre. Sie rutschten direkt in die Kriminalität und das in kürzester Zeit. Sie waren auch recht kurz geraten, aber einer von ihnen besonders. Dank ihrer Pistolen wurden sie jedoch immer wesentlich größer geschätzt. Fast alle benötigten ein Sitzkissen, um übers Lenkrad gucken zu können, denn damals hatten die Autos noch keine Sitzhöhenverstellung. Als die Karriere der Jungen begann, brauchten sie das Sitzkissen unbedingt. Ein Auto konnte *Little Joe*, der Hauptprotagonist meiner Geschichte, bereits mit 14 kurzschließen und fuhr nach getaner Arbeit fröhlich durch Berlin. Bereits nach kurzer Zeit hatte er begriffen, es war besser, das Auto nicht mit leergefahrenem Tank abzustellen, sondern es vorher noch zu verkaufen. Das brachte ihm in jungen Jahren recht viel Geld ein, doch in die Zukunft investierte er nie. Aber das stimmt nicht ganz. Immerhin gab es die Safaritouren, das Segelboot und ein verdammt gutes Leben. Selbst beim Führerschein half ihm die autodidaktische Fahrausbildung. Der Fahrlehrer stieg ein, fragte nur, ob er schon in einem Auto gesessen habe und die Funktionen kenne, und was machte er? Er stellte den Sitz und die Spiegel ein, legte den Arm hinter die Kopfstütze des Fahrlehrers und parkte rückwärts aus. Nach dem Spiel mit der Kupplung war dem Beifahrer klar, es wieder mit einem *Schwarzfahrer* zu tun zu haben und Little Joe ersparte sich etliche Fahrstunden. Auch ansonsten war sein Leben feudal und zudem finanzierte er seine Geschwister und seine Freundinnen. Einige Damen des horizontalen Gewerbes bezauberte er ganz nebenbei.

Man hätte seine Gang auch die *Daltons* nennen können. Es gab klar einen Anführer: Little Joe. Er war pedantisch, liebte es zu nörgeln – nannte es selbst immer kritisieren – und hatte den Haufen nur bedingt im Griff. Jedoch war die Rollenverteilung um *Averell* nicht klar, der stets, wenn auch ungewollt, seinen Anteil in die Diskussionen einbrachte, und sich damit ungewollt den Rang als Gangtrottel sicherte.

Die Jungs waren wieder einmal auf der Flucht und wer saß hinten im Auto? Averell. Er sah sich die beschafften Waffen an und *Peng* es löste sich ein Schuss. Little Joe saß am Steuer, wurde kreidebleich und betastete sofort seinen Körper. Er begann zu schwitzen und suchte aufgeregt nach einem Loch, aus dem sein Blut herauslaufen könnte. Sein Leben spielte sich vor seinem inneren Auge ab und verschaffte ihm gleichzeitig ein Déjà-vu. Wieder einmal waren die Waffen, verborgen in einer Tüte, am Beginn ihrer Flucht nach hinten gereicht worden und Averell hatte die Anweisung erhalten, sie unter dem Sitz zu verstecken. Und wieder einmal hatte sich kurz darauf ein Schuss gelöst. Wie damals befanden sich die Jungs nach einem Überfall auf der Transitstrecke Richtung Hamburg. Noch starr vor Schreck hielt Little Joe den Wagen am nächsten Rastplatz an. Als er wieder etwas Farbe im Gesicht hatte, jetzt allerdings leuchtend rot, schrie er Averell an, was er jetzt wieder getan habe. *Ich wollte ja nur ...*, versuchte der sich zu rechtfertigen, doch Little Joe unterbrach seine Ausflüchte sofort und sah zum Beifahrer, der auch nur einen fragenden Gesichtsausdruck hatte. Dabei hatte er Averell die eindeutige Anweisung erteilt, den Beutel nicht zu öffnen. Aber hätte, wäre, wenn. Sie hätten es wissen und die Knarren selbst ins Handschuhfach oder unter ihre Sitze packen müssen. *Lass die Tüte unter dem Sitz*, hatte der Beifahrer deutlich befohlen und damit versucht, sich von seiner Schuld zu befreien. Die geteilte Wut Little Joes auf die beiden änderte nichts an deren Gruppenzugehörigkeit und so bekam jeder sein Fett weg. Der Schusskanal, den sie später untersuchten, verlief direkt durch das seitliche Rückenpolster und setzte sich im Radkasten fort. Fast hätte Averell also den Reifen bei Tempo 150 durchschossen. Aber das war nicht sein einziger Fauxpas geblieben.

Die jungen Männer spezialisierten sich. Sie stellten sich auf die Geldbomben der Supermärkte ein. In den 1970er Jahren wurden diese stabilen Baumwollsäckchen mit den Tageseinnahmen meist noch durch die Inhaber oder Filialleiter selbst zu den Nachttresoren der Banken gebracht. Man musste nur genau beobachten, welcher Mitarbeiter sich nach Ladenschluss den Umweg zur Bank machte. Beim aktuellen Coup hatten die Brüder jedoch die Weihnachtsfeier der Angestellten übersehen und ihr Plan, an die Geldbomben zu gelangen, war gescheitert. Sie hatten stundenlang in einem Auto gesessen und gewartet, aber niemand war gekommen. Jetzt mussten sie auf eine neue Gelegenheit warten und die bot sich ihnen bald. Sie hatten herausgefunden, dass die Verkäuferinnen selbst die Geldbomben zur Bank brachten. Als die Aktion begann, stieg ihr Adrenalinpegel wie gewohnt an und sie zogen sich die Mützen übers Gesicht, bis sie als Masken fungierten. Schon von weitem sahen sie die beiden Kassiererinnen, die gemeinsam zur Bank fahren wollten, kommen. Irgendetwas passte ganz und gar nicht zum Plan der Brüder. Trotz des feuchtkalten Wetters waren die beiden Frauen in bester Laune, liefen tratschend und schnatternd nebeneinander her und schleppten ihre Weihnachtseinkäufe zum Wagen. Die Geldbomben trugen sie in separaten Einkaufstüten. Schon anhand der Form erkannten die Brüder genau, was sich in welcher Tragetasche befand. Am Auto angekommen, hievten sie die beiden Beutel aufs Autodach der Fahrerseite und machten sich daran, die Tragetaschen mit ihren Einkäufen im Kofferraum zu verstauen. Die beiden hatten dabei viel zu erzählen und schienen alles um sich herum vergessen zu haben. Der geplante Ablauf der Brüder war völlig aus dem Ruder geraten und als sie mit quietschenden Reifen am Auto der Kassiererin bremsten, schauten die Frauen erschrocken hoch. Den Überfall mussten die Brüder nicht erklären. Sie mussten nicht einmal aus dem Wagen aussteigen oder ihre Waffen ziehen. Die Geldbomben konnte der eine von ihnen quasi im Vorbeifahren entwenden. Er zog sie durch das offene Fenster einfach vom Wagendach herunter. Erledigt. Als sie ihre Masken beim Wegfahren vom Kopf rissen und im Rückspiegel nach Verfolgern Ausschau hielten, sahen sie nur zwei verdutzte Frauen, die ihnen mit offenen Mündern hinterherstarrten. Sie schienen gerade erst zu begreifen, was soeben geschehen war. Die Frauen mussten in keinen Pistolenlauf blicken und irgendwelche Einschüchterungen ertragen, sondern waren mit dem Schrecken davongekommen. So hatte sie ihr Fauxpas vor Ärgerem bewahrt, denn im Ernstfall wären die Brüder vor nichts zurückgeschreckt. Aus ihren bisherigen Erfahrungen wussten sie: Frauen ließen sich wesentlich schlechter überfallen. Sie weigerten sich oft vehement, die Beute herauszugeben und mussten sogar geohrfeigt werden, um zur Vernunft zu kommen. Bei Männern war das in aller Regel anders. Fakt war jedoch, auf die eine oder andere Art war Weihnachten gerettet worden. Aber so einen – vergleichbar einfachen – Husarenstreich machten sie nie wieder.

Zu Hause teilten sie die Beute gerecht unter sich auf. Die Weihnachtseinnahmen des Supermarktes waren wesentlich höher ausgefallen und so erwies sich der ursprünglich geplatzte Coup sogar als Segen.

Irgendwann war das Geld aufgebraucht und die Brüder mussten wieder aktiv werden. Bei einer dieser Aktionen schoss Averell seinen größten Bock ab. Alles begann wie immer mit dem Ausspähen von Geldtransportern und Boten. Sie fuhren ihnen unauffällig nach und ermittelten den besten Ort, um erneut zuschlagen zu können. Als die Vorbereitungen abgeschlossen waren, ging es los. Alles schien nach Plan zu laufen. Little Joe und Averell folgten dem Boten, der gerade zu Fuß das längste Teilstück der täglichen Wege absolvierte. Die Brüder zogen ihre Mützen herunter und drängten den überraschten Boten in den Blumenladen, an dem er gerade vorbeilief. "Bleiben Sie ruhig, das ist ein Überfall!" Sie zwangen ihn mit vorgehaltener Waffe in den Laden und räumten dort seine Geldtasche aus, um den Inhalt in eine Plastiktüte umzufüllen. Little Joe fesselte den Boten mit einigen Kabelbindern und machte sich anschließend mit Averell auf den Rückweg. "Hast du alles?", hatte Little Joe seinen Bruder noch gefragt und der genickt. Am Fluchtwagen angekommen, sprang Averell auf den Fahrersitz und kletterte mit der erbeuteten Plastiktüte nach hinten auf die Rücksitzbank. Die Beifahrerseite war durch den dritten Bruder besetzt, der Schmiere gestanden hatte. Durch diese Aktion blockierte Averell den Fluchtwagen einen kurzen Moment, was aber ohne Folgen blieb. Allerdings verstanden die beiden anderen Brüder nicht, was ihn dazu veranlasste, denn Little Joe hatte extra einen Viertürer besorgt. Die rasante Fahrt begann und nach einigen Ecken begannen die Brüder im vorderen Teil des Wagens über den gelungenen Coup zu lachen. Als Little Joe sicher war, keine Verfolger im Nacken zu haben, drosselte er das Tempo und alle zogen

70

die Masken ab. Die Stimmung war hervorragend, nur hinten wurde immer ruhiger. Doch das fiel den anderen nicht auf. Sie waren noch voller Adrenalin. Erst zu Hause kam Averell nicht mehr um die Offenbarung herum. Schüchtern legte er die Plastiktüte auf den Tisch und sagte kein Wort. Irgendetwas stimmte nicht, das fiel seinen Brüdern sofort auf. Little Joe sah in die Tüte und hätte Averell am liebsten erschossen. Alles, was sich in dem Beutel befand, waren verdammte Narzissenzwiebeln. Averell hatte die Tüten im Blumenladen vertauscht. Die Verkäuferin konnte sich freuen, wenn sie es rechtzeitig bemerkt haben sollte. Der überfallene Bote lag schließlich gefesselt im hinteren Arbeitsraum. Doch diese Frage blieb für immer unbeantwortet. Es klappt halt nicht alles im Leben und Karma ist 'ne miese Schlampe. Diesmal verzichteten sie auf das Teilen der Beute und Averell erhielt alles, inklusive des lebenslangen Spotts.

Aber Averell wäre nicht Averell, wenn das alles war. Irgendwann kam er von allein auf die Idee, die Drogendealer abzuziehen, die sein Bruder regelmäßig belieferte. Durch die Liefertermine wusste er, wann sie genug Geld im Haus hatten. Little Joe arbeitete mit ihnen schließlich auf Kommissionsbasis. Anfangs dachte er, die Dealer wollten ihn prellen, aber die Veilchen in ihren Gesichtern verrieten ihm, dass sie wirklich überfallen worden waren. Aber niemand wusste, von wem? Also einigte er sich mit ihnen auf Ratenzahlungen und lieferte die Ware weiter. Die Sache kam anderthalb Jahre später nur raus, weil Averell im Drogenrausch davon erzählte. Little Joe nahm es gelassen hin, denn er hatte sein Geld trotzdem bekommen. Die Drogengeschäfte liefen hervorragend. Regelmäßig flog er nach Südamerika und brachte die umgebauten Koffer sicher nach Hause. Dabei fiel ihm auch ein Pärchen auf, welches eine ähnliche Masche durchzog und immer gut gefülltes Gepäck einflog. Geduldig wartete er mit seinen Brüdern am Flughafen auf ihre nächste Ankunft. Zwei Wochen harrten sie aus, und dann war es endlich soweit. Sie folgten den beiden bis zur Wohnung und als sie zehn Minuten oben waren, überfielen sie das Paar. Alles funktionierte nach Plan und so schneite es mitten im Sommer, was ihr Leben auf der Überholspur nicht gerade bremste … Bis Little Joe zu faul war, ein Drogenpäckchen aus seiner Wohnung zu schaffen und durch einen blöden Zufall in die Ermittlungen eines anderen Falls geriet. Dabei hatte er nur einen Kumpel besucht und die verdeckten Ermittler nicht bemerkt. Das Ende vom Lied waren etliche Jahre Gefängnis und plötzlich wollten die Brüder nichts mehr von ihm wissen. *Drinnen ist drinnen – Draußen ist draußen,* ließen sie ihm nur ausrichten und verrieten ihn sogar noch. Das hat er ihnen bis heute nicht verziehen. Sie haben extrem gelebt, doch zum Schluss zahlte er den Preis. Karma ist und bleibt eben 'ne miese Schlampe!

Lebensbeschreibung

Vermutlich bin ich voller blöder Gedanken (oder des Weines), um das Gesetz von der ewigen Wiederkehr des Gleichen verändern zu wollen. Weiser oder Wahnsinniger, Wahnsinniger oder Biograf – wo ist da der Unterschied?

Ich weiß, die Gedanken, meine Biografie zu ändern, sind paradox, obwohl in mir die Hoffnung keimt, dass die Möglichkeit besteht und ich noch immer die wahren Gegebenheiten von Heringen unterscheiden kann.

Unverkennbar sind das die Abstufungen zu Vergangenheit und Wahrheit, sich mehr und mehr minimiert zu haben, Unveränderliches wird zur Hoffnungslosigkeit, die von nun an ewig wiederkehrt, während sich nur mein Aufenthaltsort verändert hat. Mein Wunsch nach Veränderung und das Alte, Gewesene, die Vergangenheit hinter mir zu lassen, hat eine Dimension angenommen, die zwei Hähnen, einem jungen und einem alten, beim Kampf auf dem Misthaufen um die Weltherrschaft gleichkommt. Und am nächsten Morgen steht in keiner Gazette auch nur die kleinste Notiz über den Gigantenkampf um die Hegemonie auf dem Dunghaufen.

Ich weigere mich einfach zu glauben, dass meine Biografie oder irgendeine, nicht anders ausgehen könnte, vollkommen anders.

Ist meine Biografie, die ich als Individuum habe, verbindlich – Ausdruck meiner Zwangsläufigkeit – oder aber: könnte ich je nach meinem Wunsch eine völlig andere Biografie haben?

Wenn jeder von uns noch einmal die Gelegenheit bekommen würde zu wählen, jedoch mit seiner vorhandenen Intelligenz, die nun mal gegeben ist und die er gebrauchen kann, wie es für ihn opportun ist, zur Vermeidung von Irrtümern oder nachträglich zur Rechtfertigung von Irrtümern, so wie es ihm beliebt, was würde er tun? Wie geschönt würde dann jede einzelne Biografie aussehen, wenn wir sie nach Lust und Laune ändern könnten, im Besonderen meine?

Ich mache mich im Kleinen auf die Reise, mit mir selbst und meiner vorhandenen Intelligenz. Meine Vergangenheit ist kein schönes Land, jedenfalls die, in die ich reise, geprägt von Armut und Hunger. In diesem Kambrium möchte ich nur hineinhuschen, um den Grundstein für die Änderung meiner Lebensbeschreibung zu legen.

Ich begebe mich in mein sechstes Jahr: Gerade hat die *Entwicklungskommission* der Schulbehörde beschlossen, dass ich für die Schule noch nicht geeignet bin. Noch nicht weit genug entwickelt im Geist, der Armut, Demut, in allem einfach zu spillerig (und dürr). Im Nachhinein bin ich auch heute über diese Entscheidung nicht undankbar, denn ich erhielt eine Karenzzeit von einem Jahr. Ich konnte Baden gehen, Frösche fangen, auf Bäume klettern und reisen. Für drei Monate wurde ich nach Schweden verschickt, in eine andere Welt, die ich bis zu diesem Zeitpunkt nicht kannte. Als ich wieder nach Berlin kam, sprach ich kein Wort Deutsch mehr und meine Welt wurde erneut auf den Kopf gestellt. Willkommen im Leben!

Hier wäre der richtige Ansatzpunkt, um meine Biografie

zu ändern, zumal die Pflegefamilie, da sie keine eigenen Kinder bekommen konnten, den Wunsch äußerte, mich zu adoptieren. Leider habe ich davon erst sehr viel später erfahren. Ich könnte auf das hinweisen, was kommen wird, wenn keine Änderung in meinem Leben eintritt. Dyslexie[8], ein damit verbundenes Desinteresse an der Schule, und in der weiteren Entwicklung ein fünfjähriger Aufenthalt in einem Erziehungsheim. Es wäre meiner Mutter und mir viel erspart geblieben. Sie sah keine Notwendigkeit, meinem Lebensweg den entscheidenden Impuls zu geben. Ich höre die Unruhe der hier Anwesenden und eine Frage kommt auf: Warum lässt du nicht dieses schale Vergnügen und gönnst dir einen leichteren Zeitvertreib? Vielleicht sollte ich doch lieber Briefmarken sammeln, wegen der Fülle der damit verbundenen zeitverschwendenden Beschäftigung, wie weit werden diese simplen und harmlosen Genüsse, die ein paar bunte Papierstücke mir gewähren, durch das überstrahlt, etwas für mich verändern zu können. Die Begeisterung für die schönen Papierfähnchen wäre nicht von langer Dauer. Mein Interesse besteht nur darin, sie auf Karten oder Briefe zu kleben und nicht, sie in meinem Widerstreit von ungeheuren Gefühlen, meinem Schicksal und Vorstellungen, mit einzubeziehen. Es ist außerdem auch ökonomisch nicht von Nutzen, die Marken in Alben verstauben zu lassen.

Es ist mir klar, nicht jeder hat das Bedürfnis nach irgendeiner Wandlung, keiner wird mir irgendwann ironisch sagen: "Sie werden es noch weit bringen", da ich tief im Innern weiß, obwohl es mir gar nicht mehr zum Bewusstsein kommt: *Niemand kann es weiterbringen als zu sich selbst.* Ich muss, wenn es mir zu fade wird, *ich* zu sein,

---

[8] Schreib- und Leseschwäche

notgedrungen ein anderer werden. Jedoch möchte ich heute kein König oder Nabob[9] in fernen Ländern sein, nur ein Biograf in eigener Angelegenheit. Aber was kann ich erreichen?

Bis die Unmöglichkeit gegeben ist, durch eine auch noch so große Willensanstrengung, mir selbst und auch den Mitmenschen meine Verwandlung in einen Schweden oder in einen guten Mann auch nur ansatzweise wahrnehmbar zu machen, kann es durchaus sein, dass Gevatter Hein längst seine Arbeit verrichtet und meine Wiedergeburt bereits als Schwede stattgefunden hat.

Ich bin der Urheber und Autor meiner Lebensbeschreibung. In mir befindet sich alles Yin und Yang, der Makro- und Mikrokosmos, Leben und Tod und damit liegt jede Änderung einzig und allein bei mir.

Meine Gedanken sind wie ein Gesang, ein leiser Gesang der Resignation, denn mein jetziger Zustand ist mein Fatum[10].

---

[9] Reicher Mann
[10] Unabänderliches Schicksal

Der Ton macht die Musik

'Im Gefängnis hat man viel Zeit zum Nachdenken', heißt es immer, und da ist was Wahres dran. Man besinnt sich vieler Ereignisse, die schon vergessen schienen. Doch nach und nach taucht alles wieder aus den nebulösen Tiefen der Erinnerungen an der Oberfläche auf. Das betrifft vor allem viele kleine, fast unscheinbare Dinge aus der Kindheit. Irgendetwas muss einen doch geprägt und hergebracht haben. Da bin ich keine Ausnahme.

Als kleiner Junge lernte ich schnell, worauf es ankam. Zugegeben, es waren andere Zeiten, aber irgendwie hatte es doch funktioniert. Ich frage mich heute immer öfter, wie das möglich war so ohne alles? Es gab schließlich nicht einmal Farbfernsehen. Ich erinnere mich auch daran, von Leuten, die noch älter sind als ich, gehört zu haben, dass das Fernsehprogramm nachts sogar unterbrochen worden sein soll. Sendeschluss nannte man das seinerzeit. Bis es also mit dem Programm am nächsten Morgen wieder losging, entstand eine Sendepause. Vielleicht rührt daher die Aussage: "Du hast jetzt mal Sendepause." Doch diese Schlussfolgerung von mir kann auch falsch sein. Als Kind hielt ich jedenfalls meist den Mund, wenn ein Erwachsener das sagte. Manchmal klangen diese Worte wie ein Befehl. Vor allem dann, wenn ich meinen Senf zu irgendetwas dazugeben wollte, von dem ich noch nichts verstand. Ein anderes Mal klangen sie liebevoll. Dann wurde mir oft über das Haar gestrichen und ich sollte einfach nur kurz still sein. Der Ton machte schließlich die Musik, aber ich komme nicht umhin zuzugeben, dass auch eine gewisse Autorität dem Älteren gegenüber eine Rolle gespielt haben dürfte. Wie dem auch sei. Anders herum funktionierte es ebenfalls, was ich vor allem daran merkte, weil Worte wie *Bitte* und *Danke* Reaktionen bei meinem Gegenüber hervorriefen. Manchmal war es ein Lächeln, manchmal eine Floskel wie: "Gern geschehen", aber doch fast nie war es nichts. Und meist war dieser Ton dabei, der alles zur Musik machte.

Wenn ich als Kind fragte: "Omi, bekomme ich ein Eis?", dann lohnte es sich, auf den Blick zu achten und ein langgezogenes: "Biiiiiiitte", hinterherzuschicken. Der Trick funktionierte auch bei Müttern und Vätern, gelegentlich sogar bei Onkels und Tanten oder noch ferneren Verwandten. Jahre später klappte er auch bei mir, aber ich lenke vom Thema ab.

Das Eis war sicherlich nur ein Übungsbehelf, doch damals gab es nicht viel mehr, womit man üben konnte. Wie gesagt, noch nicht einmal Farbfernsehen. Wobei ich bis vor kurzem dachte, erst die Erfindung desselbigen – später dann die Perfektionierung des Einsatzes bunt flimmernder Mattscheiben jeder Größe und vor allem Kleine – triebe die Jugend in die Abhängigkeit und den Lernverdruss. Schließlich waren nach und nach die Sendepausen abgeschafft und immer neue Programme zugeschaltet worden. Ablenkung rund um die Uhr, 24 Stunden täglich Reality-TV und nachts um eins sogar noch die Ansage, dass die nachfolgende Sendung für Zuschauer unter 16 Jahren nicht geeignet sei, ließ nur eines vermuten: Die Jugend verblödete vor den Mattscheiben der Nation. Dieser Gedanke wiederum ließ nur eine Schlussfolgerung zu. Ich musste mir ernsthaft Sorgen um meine Rente machen. Doch dann erlebte ich etwas, das mein Weltbild ins Schwanken brachte.

Ich lief über den langen Flur zum Telefon und bemerkte erst spät, dass es gerade jemand benutzen wollte. Das an sich war nichts Ungewöhnliches, schließlich war das Telefon zwar an der Wand, aber vom Gang aus nicht einsehbar montiert worden. Also ging ich einige Meter zurück, um den jungen Delinquenten ungestört sprechen zu lassen. Ein bisschen erfasste mich sogar das schlechte Gewissen, denn ich mochte es nicht, wenn jemand bei mir zuhörte. Aber mein kurzer Anruf war dringend und so harrte ich aus, nahm mir jedoch vor wegzuhören. Weghören. Was für ein unsinniges Wort, wenn man darüber nachdenkt.

"Hi, Alter", begann er, ohne sich vorzustellen. Kein: "Ich bin's, der Hotte", oder etwas Ähnliches war zu hören gewesen.

"Echt Alter?", war die Frage, die sein großes Erstaunen zum Ausdruck brachte und bereits nach wenigen Sekunden mit dem Ausspruch: "Allllter, geil", endete. In dem Moment achtete ich noch nicht auf die Betonung, da mir die Aneinanderreihung der wenigen Worte noch nicht sinnhaft erschien.

"Klar, Alter", war das, was dann kam, gefolgt von der Feststellung: "Nee, Alter. Echt?" Immerhin eindeutig als Frage artikuliert.

Irgendwas musste der Gesprächspartner am anderen Ende gesagt haben, zumindest legte der Begriff Alter nahe, dass es ein männlicher Gesprächspartner war, sonst hätte Hotte – so nannte ich ihn für mich – sicherlich Alte gesagt, denn auf einmal jubelte er fast in den Hörer und meinte: "Cool, Alter."

Es folgten eine Menge Jubelbekundungen, die, für mich zusammengefasst, nur aus wenigen Worten bestanden. Echt, geil, cool, war der variable Teil des Vokabulars, der stets mit dem Wort Alter ergänzt wurde. Manchmal auch Allllter, oder Allllllllter, wobei ich mir bis heute nicht sicher bin, ob die Länge der betonten Ls von mir korrekt wiedergegeben wird. Doch genau darin scheint das Geheimnis dieser Sprache zu liegen. Nach einer schier endlosen Warterei, an Weghören war nicht mehr zu denken, neigte sich dieses für mich inhaltsleere Gespräch allmählich dem Ende entgegen. "Na dann, Alter", ließ diese Vermutung wenigstens zu. Zwischendurch hatte ich auf die Uhr geschaut und mich gewundert, dass erst acht Minuten vergangen waren. Das dann folgende "Komm schon, Alter!", machte die Hoffnung zunichte. Einige: "Echt, Alllter?", folgten, begleitet von seinem Lachen. Es dauerte weitere sieben Minuten, bis das Gespräch endlich vorbei war, und ich muss zu meiner Schande gestehen, es gelang mir auch bei intensivstem Nichtweghören nicht, den Sinn des Telefonats zu erfassen. Das Prononcieren des Ls, ich muss besser sagen, der vielen Ls, war für mich ein unverständliches Kauderwelsch geblieben und sein abschließendes: "Na dann, Alter", erlöste mich endlich aus der Schockstarre. Ich gebe zu, kurzzeitig starke Angstgefühle empfunden zu haben, verzichtete aber später vorsorglich darauf, beim Gefängnispsychologen um einen Termin zu bitten. Ich wollte die mir bald in Aussicht gestellten Lockerungsmaßnahmen nicht gefährden, und ab diesem Tag begriff ich auch, warum es sinnvoll war, von zwei Beamten beim Spazierengehen außerhalb der Gefängnismauern begleitet zu werden. Die Gesellschaft hatte sich weiterentwickelt, und scheinbar war es versäumt worden, uns innerhalb der Gefängnismauern rechtzeitig darauf vorzubereiten. Die begleitenden Beamten sind also zum Dolmetschen da, stellte ich erleichtert fest. Der Gefangene, dem ich aus Versehen zuhören musste, war noch nicht lange hier und seinen Wissensvorsprung galt es aufzuholen. Also übte ich in der Abgeschlossenheit meiner Zelle und sprach das Wort wieder und wieder mit mehr oder weniger vielen Ls aus. Ich bin mir noch nicht sicher, ob ich die vor mir liegende Bewährungsprobe bestehen werde, aber endlich verstand ich die Floskel, der Ton macht die Musik, als das, was sie war: Eine sich selbst erfüllende Prophezeiung.

Verbrechen und andere Missgeschicke

Manfred, oder Manne wie ihn seine Kumpel nennen, ist kein unbeschriebenes Blatt. Er hatte schon ein paar Jahre hinter sich. Hier mal 'nen Fünferstreifen, da mal 'nen vierer und jetzt 'nen Sechserschuh. Von den sechs Jahren hat er nun drei Jahre in der JVA Tegel abgesessen und trotzdem Hummeln im Arsch wie am ersten Tag. Soll heißen: er ist umtriebig und schmiedet Pläne. Pläne, von denen er niemandem erzählt, weil er in einem Haifischbecken lebt.

Dass er trotz allem in dieser Schlangengrube gut zurechtkommt, hat er seiner jahrelangen Knasterfahrung zu verdanken. Jeder in der Anstalt kennt ihn und auch er kennt hier jeden. Er hatte schon verschiedene Jobs, und das war wiederum hilfreich für ihn und seine Pläne. Manne kannte sich auf dem Anstaltsgelände bestens aus, wusste genau, wo etwas lag und wo es Schwachstellen gab, weil die Beamten nachlässig waren. Nach all den Jahren hatte er seinen ausgeprägten Fluchtinstinkt nicht verloren.

Durch einen dummen Zufall kam ihn eine Idee. Er las eine Festschrift. *100 Jahre JVA Tegel*, in der unter anderem aufgeführt wurde, wie viele LKWs täglich die Anstalt belieferten oder welche sonstigen Tätigkeiten verrichtet wurden. Manne war sofort klar, damit lässt sich etwas anfangen. Könnte er nicht mit einem LKW die Anstalt unbemerkt verlassen? Zuerst müsste er sich einen Überblick darüber verschaffen, wann LKWs in die Anstalt kommen und welche für ihn geeignet wären. Ein anderer Aspekt war Mannes Statur sowie seine körperliche Verfassung. Er ließ es sich kulinarisch richtig gut gehen. An dieser Tatsache gab es nichts zu beschönigen. Niemals würde er sich irgendwo hineinzwängen oder auf kleinstem Raum verstecken können. Ihm war klar: Das musste sich schnellstmöglich ändern! Was ihm allerdings noch nicht klar war: Wie konnte er diesen abrupten Sinneswandel vor seinen Mitgefangenen verbergen? *"Hey Manne, biste off Diät oder haste vorübergehend keen Appetit?"*, war noch das Harmloseste, was er sich anhören musste. Seine fadenscheinigen Ausreden nahm ihm keiner ab, und so wurde er bald zum Gespött der gesamten Station. Manne und sein Diät-Spleen war mehr als nur Tagesthema und erreichte auch die Beamtenschaft.

Ein sehr stämmiger Bediensteter verwickelte den schweigsamen Manfred sogar in ein morgendliches Gespräch. "Manne, dir kann man ja beim Abnehmen zugucken, wie machst'n ditte? Haste ma' 'n Tipp für mich, mene Olle meckert schon 'ne janse Weile".

"Allet Selbstdisziplin, Herr Zumwinkel, aber dit is' ja 'n Fremdwort für Sie, schönen Tach noch." Manne mochte den Rummel um seine Person nicht. Mehr noch, er gefährdete seine Pläne, weil er ständig im Fokus stand.

Bei den verschiedenen LKW-Modellen kam er nicht weiter. Kein Fahrzeug schien für seine Zwecke geeignet zu sein. Außerdem wurde alles und jeder genau bewacht, sodass sich keine Möglichkeiten zum Hineinschleichen boten. Mittlerweile war Manne vom *Dirk-Bach-Modell* zum magersüchtigen *Lindsay-Lohan-Double* mutiert. Wenn es für sie ein männliches Pendant gäbe, wäre es Manne gewesen.

Aber seine Transportgelegenheit nahm immer noch keine konkrete Form an. Bis er eines Tages doch noch den für ihn geeigneten LKW fand. Er kam auch unbemerkt an die entsprechende Stelle heran, wie sich schnell zeigte. Die entsprechende Stelle war in seinem Fall unter dem Transporter, hinter dem Tank. Hier konnte er sich festhalten und so müsste es ihm gelingen, das Gefängnis zu verlassen. Er hatte lange auf seine Chance gewartet, nun bot sich ihm die einmalige Gelegenheit. Manne war entschlossen, diese zu nutzen. Ihm war aber auch klar, er musste seine Habseligkeiten in der Zelle zurücklassen. Das hatte er schon von vornherein einkalkuliert. Die Verteilung seiner Wertgegenstände hätte sofort große Aufmerksamkeit erregt. Er war eh und je ein Einzelgänger gewesen, und so fiel es ihm nicht schwer, ein Geheimnis zu wahren. Außerdem war sein gesamtes Verhalten freundlich und unauffällig, so wie in den vergangenen Monaten. Die Frotzeleien bezüglich seiner erfolgreichen Schlankheitskur hatten auch abgenommen. Man konzentrierte sich wieder auf die üblichen Missstände im Vollzug und beachtete ihn nicht weiter.

Bis zu jenem Morgen im August. Manne arbeitete gerade in der Tischlerei, als *sein LKW* plötzlich um die Ecke bog. Natürlich war er für solche Eventualitäten vorbereitet und spulte sein Programm ab. Es sah unter anderem vor, seine versteckte Privatkleidung anzuziehen, weil man ihn mit der Anstaltskleidung zu leicht identifizieren konnte. Alles lief perfekt. Manne fand den richtigen, unbeobachteten Moment und verkroch sich unter den LKW. In Gedanken hatte er mehrere Szenarien durchgespielt. Er war sich sicher, es würde eine Weile dauern, bis man seine Abwesenheit bemerkte. Bis dahin wäre er längst über alle Berge und weit weg von der Anstalt, an einem sicheren Ort.

Jetzt hing er gut versteckt unter dem LKW, der Büromöbel für ein Gericht ausliefern sollte. Er hörte, wie der Motor kraftvoll startete und seine Arme anfingen zu vibrieren. Die Vibration hatte er unterschätzt. Lange würde er diesen Zustand nicht aushalten. Es war ihm sofort klar, er musste Abhilfe schaffen. Aber zuerst galt es, die Schleuse am Tor II hinter sich lassen. Hatten die Beamten Wärmebildkameras oder Spiegel, mit denen man, wie die ehemaligen DDR-Grenzer, unter den LKW sehen konnte? Immerhin hatten genügend alte Stasibarden in der Anstalt ein neues Betätigungsfeld gefunden. Momentan hing Manne nur wie ein Affe an einem Baumstamm. Aber wenn man sich auf einen Umstand verlassen konnte, dann auf den, dass die Beamten faul und träge sind. So war es auch diesmal. Manne passierte unbemerkt das Tor. Noch war es aber zu früh, um aus dem Versteck zu krabbeln. Der LKW musste noch etwa 300 Meter an der Außenmauer der Anstalt entlangfahren und dann in die Hauptstraße abbiegen. Ein weiter Weg, denn mittlerweile erlahmten seine Kräfte, und die Hitze der Auspuffanlage wurde unerträglich. Der LKW stoppte. Er stand vermutlich an einer Ampel. *Das ist die beste Gelegenheit*, dachte er. Umschauen konnte er sich nicht, sonst hätte er den Polizeiwagen nämlich gesehen. Dann ging alles sehr schnell. Die Polizisten erkannten sofort die Situation, sprangen aus dem Wagen und rannten Manne hinterher. Nach 400 Metern hatten sie ihn eingeholt.

Insgesamt dauerte es keine zehn Minuten und Manne war wieder in seiner Zelle. In der Tischlerei hatte man seine Abwesenheit noch nicht bemerkt. Demzufolge wurde auch kein Alarm ausgelöst. Aber am Nachmittag war die

Geschichte von Mannes Ausbruch in der gesamten Anstalt bekannt. Jeder gab seinen Senf dazu und alle wussten auf einmal, wie die Flucht in jedem Fall geklappt hätte.

Manne war das im Moment egal. Er kam in einen besonders gesicherten Bereich und bereitete in Gedanken schon den nächsten Versuch vor.

Keine Autobiographie

Mein Name ist Josch. Ich erwähne ihn nur deswegen, weil ich außer meinem Namen, meinem Wort und einer Waffe nichts weiter besitze.

Warum ich ausgerechnet eine Waffe besitze? Warum nicht einen Schuhlöffel, Korkenzieher oder Teddy? Zum einen, weil ich die aufgeführten Gegenstände nicht mein Eigen nenne, und zum anderen, weil die Waffe mich am Leben erhält. Durch sie habe ich jederzeit die Möglichkeit, mein tristes Dasein zu beenden. Sie schenkt mir die Freiheit der Entscheidung.

Töricht könnte man dies nennen, wie alles Fahnden nach einer Ursache auf dieser chaotischen Welt, ich sehe nur die Wirkung und die Folge; dass meine Seele das Gleichgewicht verloren hat, etwas in ihr aus der Balance geraten ist, ein Versiegen des inneren Antriebs kann ich konstatieren.

Der Grund dafür, der Grund meiner Lustlosigkeit, liegt tief in mir, in der Erkenntnis des *Nichtveränderbaren*. Das Schlimmste ist: Ich sehe nichts, wodurch ich meiner trostlosen Lage auch nur eine kleine Änderung geben könnte. Die Waffe ist die einzige Konstante in meinem Sein, sie hat die Funktion eines Hüters, eines guten Freundes, sie ist immer da. Keine Dominanz, keine Unterdrückung, keine Beurteilung meiner Fähigkeiten. Sie ist eine Pistole mit dem

Namen Beretta. Jeden Abend vor dem Einschlafen öffne ich die Schublade meines Nachttisches, in der sie liegt, behütet in einer flachen Holzschachtel, eingebettet in Schaumgummi und eingewickelt in ein Tuch. Wir führen dann ein stummes Zwiegespräch, einen Dialog der besonderen Art, und danach schlafe ich beruhigt ein.

Der Wunsch nach dem Endgültigen entsteht in mir dadurch, weil die Leere in mir eine vollständige, sozusagen planmäßige ist, bei dem beklagenswerten Fehlen irgendwelcher aufwühlenden Elemente.

Meine Tage sind geprägt vom Nichts und durch das Nichts, sie reihen sich aneinander wie falsche Perlen an einer Kette.

Die Vorstellungen in meiner Jugend von meiner Zukunft hoben sich nicht von anderen ab, ich hatte Träume und Pläne, wie mein Leben sich einmal gestalten wird.

Jedoch lebte ich, während und nach meiner Lehre als Bankkaufmann, einfach dahin, ich hatte Freundinnen und Freunde, eine unbeschwerte Zeit. Die Pläne für meine Zukunft verblassten, nahmen andere Konturen an, und die Erinnerungen an sie gingen im glücklichen Nichtnachdenken unter.

Die Grille aus der Fabelwelt, die den ganzen Tag lieber musizierte, sich den Freuden des Lebens hingab und keine Vorräte für den Winter anlegte, wurde mein Vorbild, man könnte auch sagen: ein naher Verwandter. Ein Leben ohne jede Verantwortung, ohne Kontinuität.

Eine plötzliche Veränderung, mein Fatum, trat in der Gestalt einer wunderschön aussehenden Frau auf mich zu.

Sie war, was zu bedauern war, aber mich nicht weiter störte, verheiratet. Meine Liebe zu ihr machte so enorme Kräfte frei, dass ich mein Grillenleben aufgab und mich an meine Träume erinnerte und sie mit ihr verwirklichen wollte.

Wie so oft kam es anders, als ich mir in meinen kühnsten Träumen erdenken konnte. Meine Vernarrtheit ging so weit, dass ich, als ihr Mann sie eines Tages schlug, zu ihm fuhr und ihn schlug. Er fiel dabei sehr unglücklich mit dem Kopf auf das Pflaster und war tot.

Die Entscheidung des Gerichts war kurz und klar, ich kam ins Gefängnis für dreieinhalb Jahre.

Die geliebte Frau kam nach *kurzem, intensivem, innerem Kampf* zu der Erkenntnis, dass sie die gewonnene Freiheit nicht mit einer Grille verplempern wolle, auch die Bank, bei der ich gearbeitet habe, befand, dass die Arbeit nun ohne mich zu bewältigen sei und kündigte mir, mit allgemein bekundetem Bedauern.

Das Schicksal machte mir deutlich klar, dass ich für jede Lust zu zahlen habe. In jenen Tagen wurde das unnütze Sein in mir so real, dass ich gehen wollte – mich auflösen und nicht einmal einen Fleck hinterlassen, einfach verschwinden.

Die pure Sinnlosigkeit meines Daseins bekam eine solche Intensität, dass ich beschloss, die Zeit, die ich noch auf Erden hatte, schlagartig zu verkürzen. Und hier begegnete mir Beretta.

Von diesem Augenblick an bin ich ihr Besitz geworden, sie ist nicht mehr mein Eigentum, ich bin der ihre! Sie führt mich, verführt mich zu immer stärkeren Liebesbezeugungen. Ich drücke sie an meine Stirn, an mein Herz, ich werde mehr und mehr zu einem Besessenen, ich finde sie immer betörender in ihrer filigranen Art und mit ihrer bläulichen Patina.

Durch meine Besessenheit starre ich mit immer größerer Bitterkeit in mein Leben zurück und verleugne alles, was mir lieb war. Nun hasse ich meine Sucht nach dem Nichts, so sehr, dass ich beginne, mein Leben zu hassen, weil es mich an diesen Punkt geführt hat.

Ich bin wie ein unkörperlicher Schatten, schwanke hin und her, nicht fähig zu empfinden, voller Ängste vor dem Jetzt, ohne Halt und ohne Liebe, jahraus, jahrein gebunden im täglichen Trott, gefangen in mir selbst.

Warum soll mir also ein für mich beschlossener, strahlender Tod entgehen? Gevatter Hein zu einem Popanz zusammenschrumpfen, zu einem labbrigen Spottbild? Wäre das Beretta gegenüber gerecht? Mag sein, wie es will, mir bleibt nichts anderes übrig, ich kann es drehen, wie ich will, ich werde von dannen gehen, die Welt, dieses Tollhaus mit all den beschrifteten Ausgängen mit einem blendenden Knall verlassen, verlassen … Was ist eigentlich Bewegendes dabei? Der Vorhang fällt … Ich stehe dahinter, niemand sieht mich … Welch eine tiefe Freude! Die Zeit der Furcht ist vorbei. Ohne Anlauf werde ich ins Nichts springen.

Ein Gedanke keimt in mir auf und nimmt mich gefangen: Sollte ich vielleicht doch bleiben? Mir ging es doch einst gut, wie den meisten Menschen auch.

Mit einem Schlag, wie ein Brennen in meinem Kopf, erkenne ich den Wandel der Zeiten, die in den letzten Jahren an mir vorbeigegangen sind, den Verlust an Freunden, von Leben, Familie und Glück. Dieses Erwachen und die Erkenntnis tun unheimlich weh, es zerreißt mich und spült all die glücklichen Erinnerungen in mir hoch. Ich erkenne auch den Wandel meiner selbst, ich muss sofort eine Veränderung vornehmen, aufstehen und ebenso zufällig, oder besser gesagt schicksalhaft weggehen, auswandern und das Leben neu angehen.

Ich stehe auf und gehe in den Tag hinaus, ohne mich noch einmal umzusehen, nunmehr frei von jeglicher Angst.

Ich besitze nichts mehr als – wie gesagt, mein Name ist Josch.

Bruno

Es war eine düstere Novembernacht. Ich war allein Zuhause. Der Hund hatte schon ein paar Mal angeschlagen, als er gegen Mitternacht endlich Ruhe gab. Unruhig wälzte ich mich hin und her, hörte das alte Haus ächzen und knarren und war gerade am Einschlafen, als ich spürte, wie es plötzlich ganz hell im Zimmer wurde. Ich öffnete die Augen und sah: nichts. Das mich umgebende, gleißend helle Licht blendete mich so stark, dass ich instinktiv die Augen zusammenkniff. Es dauerte einige Sekunden, bis sich meine Lider wieder entspannten. Sie schienen aus einem dünnen Papier zu sein, so hell durchdrang sie das Licht. Einen Moment wartete ich, um mich an die Helligkeit zu gewöhnen. Dabei nahm ich ein Geräusch wahr, das ganz und gar nicht in mein Schlafzimmer passte. Einem Metronom ähnlich, hörte ich dessen gleichmäßigen Takt. Klick, klick, klick.

Ich wagte nicht, die Augen zu öffnen. Das Geräusch passte nicht zu dem Ort, an dem ich mich befinden sollte. Auf einmal war mir alles klar. Wenn ich jetzt die Augen öffnete, würde ich woanders sein. "Lass sie zu!", sagte ich stumm zu mir und hoffte, mir würde nichts geschehen. Doch das Geräusch blieb. Es fesselte meine Aufmerksamkeit, zog mich unweigerlich in seinen Bann und hielt mich in diesem Zustand der Stasis gefangen. Klick … klick …

klick … klick. 'Bleib einfach ruhig liegen!', beruhigte ich mich, selbst nicht wissend, ob es Mut oder Angst war, die diese Worte im Takt des Metronoms durch mein Hirn geistern ließen. 'Bleib … einfach … ruhig … liegen!' Selbst meine Augäpfel bewegten sich rhythmisch von rechts nach links. Auf einmal wurde es wieder dunkler. Nicht schlagartig, als ob jemand das Licht ausgeschaltet hätte, sondern im Gleichklang des Takts reduzierte sich das Leuchten, das immer noch durch meine geschlossenen Lider schien. Nur der monotone Rhythmus blieb noch eine Weile, aber meine Augen standen wenigstens still. Dann war auch das Geräusch verschwunden.

Endlich wagte ich, die Augen zu öffnen. Mich umgab tiefste Dunkelheit. Die Schwärze war undurchdringlich. Sie fesselte mich an meine Liege und machte jede Bewegung unmöglich.

Plötzlich hörte ich eine Stimme. Sie kam mir bekannt vor, aber das konnte – nein durfte – nicht sein. Trotzdem ließ ihr Klang mein Herz vor Verzückung schneller schlagen. "Wo bist du?", rief ich in die Dunkelheit.

"Hier", hörte ich sie antworten und genau aus dieser Richtung nahm ich ein Licht wahr. Es war winzig, aber wies mir den Weg.

"Bist du noch da?" Meine Stimme klang ängstlich. Eine Weile hatte ich nichts mehr gehört, doch das Licht war mittlerweile größer geworden.

"Natürlich bin ich noch da, mein Schatz. Was denkst du denn?", antwortete sie liebevoll. Das ließ mich dem Licht schneller entgegeneilen. Inzwischen war es schon viel größer und wirkte wie ein rundes Fenster.

Dann sah ich sie. Nichts hatte sich an ihr geändert. Die sonnengegerbte, runzlige Haut, ihre leuchtenden, freundlichen Augen und das Lächeln, wenn sie mich früher angesehen hatte, waren unverkennbar. Wie immer waren ihre grauen Haare durch ein Kopftuch bedeckt, das sie im Nacken verknotet hatte, und wie immer trug sie die Schürze und die alten, grünen Gummistiefel. So sah sie aus, wenn sie in den Stall ging und manchmal durfte ich mit, um die Kühe zu melken. Automatisch nahm ich den Geruch frischer Milch und fettigen Rahms wahr. Auch der Duft des erst kürzlich gemähten Grases war betörend, doch gleichzeitig fiel es mir schwer, mich dem Ausgang zu nähern. Ich war fast am Ende des Tunnels angekommen, als es nicht mehr weiterging.

"Oma, hilf mir!", rief ich und sah ihr ins Gesicht. Sie lächelte milde.

"Deine Zeit ist noch nicht gekommen, mein Schatz. Du musst wieder gehen." Sie lächelte mich genauso an, wie sie es vor 40 Jahren getan hatte.

"Omi, bitte", flehte ich, als der Ausgang wieder kleiner und ich zurück in den Tunnel gezogen wurde. "Ich will bei dir bleiben", schrie ich und sah noch, wie sie bedächtig den Kopf schüttelte. 'Noch nicht', schien ihr Blick zu sagen und plötzlich hörte ich erneut das Metronom.

"Machen Sie die Augen auf!", sagte jemand zu mir und wiederholte diesen Satz wieder und wieder.

Irgendwann gelang es mir, die schweren Lider zu heben. Ich sah eine Frau im weißen Kittel – sie ähnelte meiner Oma gar nicht –, die auf mich einredete. Dann schaute sie in eine andere Richtung und meinte erleichtert: "Er ist wieder bei Bewusstsein." Die Maschine, die meine Vitalfunktionen überwachte, gab diesen scheußlichen, rhythmischen Ton von sich.

Drei Tage später wurden die Fesseln, die mich bis dahin

am Bett fixiert hatten, gelöst. Ich wurde in ein anderes Zimmer gebracht. Das Fenster war vergittert, aber das Essen schmeckte wieder einigermaßen. Ich durfte es im Gruppenraum der geschlossenen Psychiatrie zu mir nehmen. Vorsichtig schielte ich dabei zu den anderen. Ich musste vorsichtig sein, denn es waren alles Verrückte.

"Ihr Hund hat Ihnen das Leben gerettet", sagte mir der Psychiater einen Tag später und lächelte, als er erzählte, wie Bruno laut bellend vor der Tür des Nachbarn Alarm geschlagen und dadurch Hilfe geholt hatte. Im Bericht des Notarztes war genau das vermerkt. Man hatte mich noch rechtzeitig gefunden und lebensrettende Maßnahmen einleiten können. "Ein bisschen später, und …" Der Psychiater sprach den Satz nicht zu Ende, sondern machte nur eine Geste, die alles sagte. In meinem Zimmer hätte ich genug Zeit, um über alles nachzudenken, meinte er am Schluss und entließ mich erneut in die Einsamkeit meines Kerkers.

"Ich habe gerade eine persönliche Krise durchgemacht. Erst meine Frau, dann der Job … Es war idiotisch von mir", erzählte ich eine Woche später zuversichtlich lächelnd, um endlich entlassen zu werden. Dunkle Gedanken machen dunkle Gesten, das hatte ich hier schnell gelernt, und der Satz war in etwa das, was der Psychiater hören wollte.

Die nächsten Wochen ging ich mit Bruno viel spazieren. "Das tut Ihnen gut", hatte der Psychiater mir noch mit auf den Weg gegeben und angeboten, ich könne mich jederzeit melden. Dankbar hatte ich gelächelt und war gegangen. Ich musste auf der Hut sein. Immerhin war mein Nachbar stolz darauf, von Bruno zum Lebensretter erkoren worden zu sein. Seine Blicke hinter der Gardine spürte ich ständig. Er war auch häufiger im Garten als früher und sein: "Wie geht 's, Nachbar?", klang wie Hohn und Spott in meinen Ohren.

Ich konnte nicht mehr ausschließen, dass auch er die Telefonnummer des Psychiaters hatte.

Als ich Brunos Futter in den Napf machte, beäugte er mich argwöhnisch. Aber vielleicht redete ich mir das auch nur ein. Er fraß es gierig und ich lächelte zufrieden. "Dir wird es bei Oma auch gefallen", sagte ich zu ihm und streichelte liebevoll über sein Fell, bis er eingeschlafen war. Erst als er zu atmen aufgehört hatte, bereitete ich mir glücklich meine letzte Mahlzeit zu.

Das Böse kommt aus
dem Fernseher

Hans saß schon das achte Jahr in der JVA Tegel ab. Er arbeitete im Bauhof der Anstalt, und die Tätigkeit machte ihm sogar Spaß. Schon früher hatte er als Maurer auf dem Bau gearbeitet und war mit allem vertraut. Fünf Jahre hatte er noch vor sich und dann war die Strafe für das Tötungsdelikt vorbei. Dabei war alles nur wegen eines blöden Streitfalls in seiner Stammkneipe passiert. Damals war er 44, stand unter erheblichem Alkoholeinfluss, was aber keine Auswirkung auf sein Strafmaß hatte. Wohl aber die kleinen Vorstrafen, die seine Biografie schmückten.

In Haft entdeckte Hans eine neue Leidenschaft für sich. Er wurde süchtig nach Kriminalgeschichten, schaute alle CSI-Serien, Aktenzeichen XY ungelöst oder Täter/Opfer/Polizei. Er merkte, wie er nicht mehr davon loskam und sich in die Handlungen hineinsteigerte. Er hatte zwar eine Therapeutin hier in der Anstalt, aber sie waren erst am Anfang eines langen Therapiemarathons, und so wusste er nicht, wie er es ihr erklären sollte. Deshalb beschloss er, es lieber zu lassen. Er fand immer mehr Gefallen daran, einige Szenen nachzuahmen. Das machte ihm zwar Angst, aber er konnte es nicht kontrollieren. Manchmal hatte er das Gefühl, das Böse würde direkt aus dem Fernseher krabbeln und sich in seinem Kopf festsetzen. Wenn er eine Serie nach der anderen schaute, fühlte er sich stark und voller Energie. Doch am nächsten Tag arbeitete es in ihm. Es war, als ob vom Fernseher ein regelrechter Voodoo-Zauber ausging, der ihn beherrschte und dem er sich nicht entziehen konnte. Er verspürte den Drang, die Szenen aus dem Fernsehen nachzuspielen. Seine Mitinsassen bemerkten natürlich seine offensichtliche Veränderung. Wenn man sich jeden Tag in einer eng abgegrenzten Welt sieht, bekommt man schon einiges von seinen Nachbarn mit. So wussten fast alle, dass sich Hans die Serien reinzog, aber wie es in ihm aussah, das wusste keiner. Seine Fernsehsucht störte niemanden, außer vielleicht die Leute der Skat-Runde. Er fehlte immer öfter. Aber sonst war er genauso friedfertig wie immer. Bis jetzt!

In den kommenden Wochen durchlebte Hans eine regelrechte Metamorphose. Das Böse aus dem Fernseher verschaffte ihm Albträume und Angstzustände. Einen Arzt wollte er nicht aufsuchen, weil er starke Medikamente befürchtete, und die Therapeutin hatte er auch schon längere Zeit nicht mehr gesehen. Doch eines Tages hatte Hans einen Streit mit einem anderen Inhaftierten. Es gab eine lange Vorgeschichte dazu. In seiner Rage erschlug er den anderen mit einem Spaten. *Seltsam. Keiner hat es mitbekommen,* dachte er und organisierte sich eine Schubkarre. Hans hievte den Leichnam hinein und packte noch drei Säcke Zement dazu. Es gab gerade eine Baustelle auf dem Gelände, die nicht einsehbar war und sich deshalb hervorragend für seine Zwecke eignete. Immer noch begegnete er keiner Menschenseele, was für diese Uhrzeit höchst ungewöhnlich war. Zur Mittagszeit strömten alle in die Kantine, sodass man immer jemanden traf. Er hätte jede Sekunde auffliegen können, obwohl noch eine Plane über dem

Leichnam lag. Hans aber war die Ruhe selbst. Neben der Baustelle war eine große Baumwurzel entfernt worden und das Erdloch … Es war praktisch wie für ihn gemacht. Der Rest war schnell erledigt. Der Zement, fachmännisch bearbeitet, tat diskret das Übrige und Hans gesellte sich zu den Kollegen, die noch bei der Mittagspause waren.

Eine Stunde später wurde Alarm ausgelöst, aber der verschwundene Inhaftierte blieb unauffindbar. Wenig später Großalarm, sämtliche Zellen wurden gefilzt, Hektik, Aufregung. Hans schaute seine Serie und war erfüllt.

Es sollte nicht der letzte Zwischenfall bleiben. Hans hatte nichts geplant oder gesteuert. Es ergab sich alles rein zufällig. Am Donnerstagnachmittag bat ihn seine Gruppenleiterin zum Gespräch. Die bevorstehenden Ausführungen sollten Gegenstand der Diskussion sein. Hans mochte die Frau nicht. Das brachte er auch deutlich zum Ausdruck. Den jetzt folgenden Tatablauf hatte er erst vor einer halben Stunde im Fernsehen gesehen. Es war wie eine Regieanweisung, die er nur genau befolgen musste. Und genau wie im Film, gab es auch hier keine Entsorgung des Leichnams. Er hätte gar nicht gewusst wohin damit. Was im Büro der Gruppenleiterin passierte, kann man sich vorstellen. Was man sich nicht vorstellen kann, ist der Umstand, dass niemand ihn hatte hinein- oder hinausgehen sehen. Jeder ging davon aus, er wäre in seiner Zelle gewesen. Es kam nicht der geringste Verdacht auf und Hans schaute weiter seine Serien.

Mittlerweile war er im neunten Haftjahr. Das strikt organisierte Anstaltsleben hatte sich wieder beruhigt und der monotone Alltag hielt alle gefangen. Alle? Alle bis auf Hans, der in seinem Mikrokosmos eine eigene Welt entdeckte und schon lange keine Experimente mehr durchgeführt hatte. Oder anders ausgedrückt: Die Krimiserien hatten keine weiteren Aktivitäten in ihm veranlasst. Im Grund war er friedfertig und hilfsbereit, weswegen alle ihn mochten. Das Wochenende stand vor der Tür und das hieß – wie fast jeden Freitag: es gab Fisch. Hans mochte keine Freitage und keinen Fisch. Er wartete geduldig, bis die anderen Gefangenen ihr Essen bekommen hatten. Er hatte ein Abkommen mit dem Hausarbeiter und erhielt eine andere Mahlzeit. Doch heute war dieser Hausarbeiter nicht da und der Vertreter wusste nichts von ihrer Abmachung. Ein Wort gab das andere, dann verschwand der Kopf des Vertreters ganz schnell im großen Saucenbehälter, der vor ihnen auf dem Tisch stand. Hans war von kräftiger Natur und so hatte er keine Mühe, den Kopf trotz Gegenwehr in die Flüssigkeit zu drücken. Überflüssig ist hierbei zu erwähnen, kein Mithäftling hatte etwas gesehen und am Vortag war im Fernsehen eine ähnliche Tat gezeigt worden.

Doch Hans hatte diesmal etwas übersehen. Bei dem Gerangel mit dem Vertreter war ihm sein Zellenschlüssel aus der Hose gerutscht. Nur dadurch war es möglich, Hans mit der Tat in Verbindung zu bringen. Nach weiteren Nachforschungen rückten auch die anderen Fälle in den Fokus der Ermittlungen. Es war eine sehr mühevolle und kleinteilige Angelegenheit. Erst nachdem man Hans alle Details nachgewiesen hatte, brach er sein Schweigen und gestand, das alles im Fernsehen so gesehen zu haben.

Immer montags

Ich muss Sie warnen. Lesen Sie die folgenden Zeilen ganz leise und psst …! Ja, Sie haben richtig gelesen. Psst! Wenn Sie zu den Leuten gehören, die im Kopf laut lesen, dann verzichten Sie besser darauf. Sie wissen doch: Vorsicht ist die Mutter der Porzellankiste. Selbst der Knastpsychiater hat anerkennend genickt, als ich ihm kürzlich erzählte, was ich herausgefunden habe. "Nur weil Sie Paranoia haben, heißt das nicht, dass niemand hinter Ihnen her ist", meinte er leise und ließ mich wieder in die vertraute Umgebung meiner Zelle bringen. Hier konnte ich mir ungestört weiter Gedanken darüber machen, was um mich herum geschah. Jetzt denken Sie vielleicht, ich gehöre zu den Verschwörungstheoretikern, die stets und ständig das Gras wachsen hören, aber glauben Sie mir, so ist es nicht. Sie werden mir zustimmen, wenn ich Ihnen berichtet habe, was passiert ist.

Alles fing an einem Montag im Frühjahr an. Das für sich genommen ist noch nichts Auffälliges, aber Montag ist Suppentag! Genauso ist es mittwochs und samstags. So war es, und so wird es immer bleiben, aber das Leben hinter Gittern verlangt den Gefangenen einiges ab. "Richtig so!", werden Sie vielleicht sagen. Schließlich sollen wir lernen, die Anforderungen des Alltags nicht nur zu meistern, sondern dabei auch noch straffrei zu bleiben. Da hilft nur üben,

üben und nochmals üben. Die Konstanz unseres Alltags hilft uns dabei, das Erlernte ständig zu wiederholen und so soll es ja auch sein. Individualismus? Fehlanzeige! Wo kämen wir da hin? Individualismus ist der Beginn der Anarchie und niemand mag Anarchos, außer die Anarchos selbst.

Aber zurück zum besagten Montag. Niemand hat mit dem gerechnet, was passiert ist. Auch ich nicht und das, obwohl ich alle Eventualitäten in meiner Planung zu berücksichtigen versuche. Aber gegen die willkürlich gestellten Fallen des Establishments ist eben kein Kraut gewachsen. Wie immer ging ich mit meiner Schüssel, gepaart mit freudiger Erwartung, zur Küche, wo der Hausarbeiter das Essen verteilte. Die 30 Gefangenen unserer Etage werden so versorgt und auf den anderen Etagen funktioniert es ähnlich, wie ich mittlerweile herausgefunden habe. Also stellte ich mich seelenruhig in der Schlange an und beobachtete das bunte Treiben an der Essenausgabe. Die wenigen Leute vor mir bekamen der Reihe nach ihre Schüsseln gefüllt und es ging einigermaßen zügig voran, was hier sogar bei Suppe nicht selbstverständlich ist. Dann war mein Vordermann an der Reihe und stellte die alles entscheidende Frage. "Wo sind denn die Nudeln?", fragte er den Hausarbeiter. "Was für Nudeln? Heute ist doch Montag", war die erste lapidare Antwort, doch dann entglitten ihm die Gesichtszüge. "Ach du Scheiße!", fluchte er und sah erstmalig in die aus der Küche gelieferten Behälter. Statt der liebgewonnenen Tradition, der Montagssuppe – ein Großteil meiner Nachbarn sagt immer Mon-günün corbasi[11] dazu –, gab es Nudeln mit dieser gelblich aussehenden Soße, in der einige Champignonscheiben und Wurstwürfel schwammen,

---

[11] günün corbasi (türkisch) - Tagessuppe

und die er als Suppe ausgeteilt hatte. Zumindest an die ersten vier Leute aus der Schlange. Mein Magen rebellierte vorsorglich, wobei ich zugeben muss, es könnte daran gelegen haben, dass das Essen einfach nur zur falschen Zeit am falschen Ort war. Am Dienstag wäre es bestimmt lecker gewesen. Auf jeden Fall ließ ich meine Schüssel mit Nudel füllen. Da die Soße bereits als Suppe ausgegeben worden war, blieb die Mahlzeit relativ trocken. Aber das war nebensächlich, denn ich musste nachdenken. Lächelnd ging ich deshalb zurück in meine Zelle und ließ mir nicht anmerken, was in mir vorging. Wie gesagt, man kann nicht vorsichtig genug sein. Alle Einzelheiten berücksichtigend grübelte ich eine Weile und stieß dabei auf die alles entscheidende Frage: Woher wusste der Gefangene vor mir, dass es heute Nudeln gab?

Der Speiseplan war auf unserer Etage, hier nennt man das Station, nicht ausgehangen worden. Die konsequente Sparpolitik unseres Justizsenators kam mir zuerst in den Sinn. Jeder weiß, die Berliner Kassen sind leer und die Herren und Damen vom Senat haben scheinbar kein Konzept, was den Namen Konzept verdient. Aber auch Sparen kann ein Konzept sein und fängt im Kleinen an. Das weiß nun wirklich jeder. Auch die wenigen Apparatschicks, die tagtäglich auf uns aufpassen. Bei Papier und Toner fängt es an. Irgendeinem muss eine glorreiche Idee gekommen sein, die nicht nur die leeren Kassen schont, sondern den Resozialisierungsgedanken vorantreibt. Ob der konzeptionell denkende Beamte dabei eine Geldprämie im Sinn hatte, weiß ich nicht, aber es bleibt zu hoffen. Geld ist schließlich der Motor aller Dinge und sein Vorbild und Dienstherr soll nicht umsonst der freien Wirtschaft entstammen, es dort sogar als mutmaßlicher Marketingstratege bis zum Self-made-Millionär gebracht haben, bevor er sich wichtigen politischen Aufgaben widmete. Um es so weit zu bringen, muss man bekannt sein. Vielleicht nicht wie ein bunter Hund, aber ein programmatischer Name bügelt so manches aus. "Heilmann", murmelte ich leise vor mir her und ließ mir jede Silbe auf der Zunge zergehen. Wieder und wieder sprach ich den Namen aus und dann kam mir eine Erkenntnis, die mein Bewusstsein erweiterte. Sie traf mich schlagartig, wie ein Blitz aus heiterem Himmel. Die korrekte Betonung war der Schlüssel. "Heil Mann!", sagte ich immer lauter in der Abgeschiedenheit meiner Zelle und musste mich dabei zwingen, sitzen zu bleiben. Es war schwer, denn automatisch sah ich in meinem Geiste riesige Menschenmassen, die im Gleichschritt am Roten Rathaus vorbeimarschierten und begeistert jubelten. "Heil Mann! Heil Mann!", riefen sie im Rhythmus ihres Marsches und die Gesichter strahlten dabei eine fanatische Rührseligkeit aus. Vom Balkon seines Amtssitzes aus blickte der Umjubelte nach unten und winkte den Massen gönnerhaft zu. In dem Moment kam ein anderer Berliner Politiker auf die Plattform. Er wirkte klein und zerstörte meinen kurzen Tagtraum. "Heil Henkel klingt Scheiße", murmelte ich irritiert und besann mich wieder auf den Grund meines Nachdenkens. Die Lösung war ganz einfach: Der Umjubelte hatte Sommer befohlen. Einer alten militärischen Doktrin folgend musste der ehemalige Marketingstratege diese an den Strafvollzug angepasst und perfektioniert haben. Aber das beantwortete die ursprüngliche Frage noch nicht. Ein widerspenstiger Beamter hatte sich nicht an den Masterplan gehalten. Wahrscheinlich war er einer von diesen Gutmenschen, die humanistische Werte als Ausrede für den eigenen Starrsinn vorschoben, dabei heimlich den Wochenspeiseplan ausgedruckt und in dem Anstaltsbetrieb, in dem der Gefangene, der die Frage gestellt hatte, arbeitete, ausgehangen hatte. Ich war mir sicher, sein anarchistisches Treiben würde bald ein Ende finden. Trotzdem spann ich den Faden meiner Gedanken weiter und erkannte, was bald nicht nur auf mich, sondern auf alle Gefangenen zukommen sollte: die Selbstverwaltung. Mit dem Wegfall der geliebten Montagssuppe fing es also an. Das Zeichen war unverkennbar, wenn man eins und eins zusammenzählte. Ich betone an dieser Stelle noch einmal: Erliegen Sie nicht dem Irrtum und denken, ich sei ein Anhänger von Verschwörungstheorien. In diesem Fall war nun wirklich alles offensichtlich. Das Szenario dessen, was bald auf uns zukommen wird, nahm immer klarere Konturen an. Es dauerte auch nur wenige Minuten, bis sich die ersten Anzeichen eines Beweises meiner Theorie fanden. Ein Mitgefangener schrie über den Gang, es sei eine Schweinerei, den Bettwäschetausch nicht durchgeführt zu haben. Das ließ mich aufhorchen und meine Zelle kurz verlassen. Was war passiert? Die Gefangenen, die die Bettwäsche der Anstalt benutzen und diese nach der morgendlichen Aufforderung des Hausarbeiters abgezogen und zusammengelegt auf den Gang gelegt hatten, bekamen nun keine saubere zurück. Sollte das ein Zufall sein? "Niemals!", sagte ich leise zu mir und begann, meinen Haftraum von innen zu verbarrikadieren. Immerhin hatte ich eigene Bettwäsche, die nun geschützt werden musste. Zum ersten Mal war ich glücklich über die Gitter an den Fenstern und verstand deren wahre Bedeutung. Heil Mann! ging aufs Ganze, oder müsste ich sagen: ließ aufs Ganze gehen. Alle Anzeichen deuteten immer mehr auf die schon lange angestrebte Selbstverwaltung der JVA Tegel hin. Sie musste unmittelbar bevorstehen. Mit einem Schlag konnten dadurch mehrere Probleme gelöst werden. Auf Grund der Einsparungen waren schon lange keine Gruppen mehr angeboten worden. Das berüchtigte Anti-Gewalt-Training gab es seit über einem Jahr nicht mehr und auch bei anderen Veranstaltungen war die Bilanz nicht besser. Irgendwie musste Heil Mann! herausgefunden haben, dass die hohe Rückfallquote der ehemaligen Berliner Inhaftierten am besten zu senken wäre, wenn man sie nicht mehr rauslässt. Der starke Mann tat mir plötzlich leid und ich dachte an die Journalistin, die bei ihrem Interview ständig versucht hatte, ihn mit ihren angeblich fundierten, wissenschaftlichen Recherchen nicht nur festzunageln, sondern in die Bredouille zu bringen. Dabei waren es nur Zahlen. '50 Prozent Rückfallquote', dachte ich und schüttelte verbittert den Kopf. "50 Prozent schaffen es, dauerhaft draußen zu bleiben und das ist doch eindeutig positiv", sagte ich verbittert und erinnerte mich an den Beitrag, den ich erst vor kurzem im Fernsehen gesehen hatte. Ich hatte die Frau wegen ihrer Provokationen schon damals gehasst. Jetzt nahm ihr der clevere Marketingstratege den Wind aus den Segeln. Der Sommerspeiseplan spiegelte den genialen Einstieg in die getroffene Maßnahme wider und mir war sofort klar, wie es weitergehen würde. "Rückfallquote Null", murmelte ich zufrieden und stellte mir glücklich eine rosige Zukunft vor, sobald unser genialer Hirte erst zum Stadtkommandant und wenig später zum Staatskommandant ernannt wird. Die Verlegung des Amtssitzes wäre kurz und mit wenigen finanziellen Mitteln zu bewerkstelligen. Auch die Sinnlosigkeit der parallelen Verwaltung zweier Volksparteien wäre endlich vorbei. Heil Mann würde schaffen, was vor ihm noch nie jemand geschafft hatte. Altbundeskanzler Schröders berühmte Offenbarung: "Für immer wegschließen!" musste nur in die Tat umgesetzt werden. Endlich verstand ich, warum der alte Mann sich nach der Amtsenthebung in die sichere Welt der GAZPROM zurückgezogen hatte. Wie die neue Partei heißen könnte, lag auf der Hand, nur leider war der scheinbar geeignete Name schon vergeben. Andererseits hatte Christlich Soziale Union diesen ländlich, provinziellen Tatsch, das zeigte schon die Abkürzung CSU. "*CSDPUD*." Ich riss die Augen auf, als dieser politische Marketingblitz durch mein Hirn schoss. "**C**hristlich **S**ozial**d**emokratische **P**artei **u**nseres **D**eutschlands." Ich grinste süffisant und war mir sicher, jetzt musste sich auch Frauke Petri geschlagen geben. Wie von Sinnen stand ich auf und rief: "Heil Mann!" in meiner verbarrikadierten Zelle. Den baldigen Abzug der letzten in der JVA Tegel verbliebenen Beamten, die Schließung der Betriebe und das Zuschweißen der Tore von außen nahm ich gern in Kauf. Das Einsparpotenzial versprach eine himmlische Quote. "Einfach genial. Die Schweinehälften zur Versorgung der Gefangenen können von draußen über die Mauer geworfen werden. Damit schlägt man gleich mehrere Fliegen mit einer Klappe", sagte ich mir und wusste, dass ich endlich meinen aktiven Beitrag zur Befriedung der Gesellschaft leisten konnte. Ich war bereit dazu und schmetterte mein: "Immer bereit!" aus dem Fenster. Genauso, wie ich es als Kind bei den Thälmann-Pionieren gelernt hatte.

Kurz kam mir der Gedanke, ob der Hausarbeiter, wie sonst auch, das Essen absichtlich falsch rausgegeben haben könnte. Immerhin standen sein Drogenlieferant und die Leute, die ihn mit Tabak und Kaffee versorgten, am Anfang der Schlange. "Vielleicht hat er heute Morgen, noch im Rausch der letzten Nacht, aus Versehen den Bettwäschetausch ausgerufen und traut sich nicht, deswegen zum Stationsbeamten zu gehen?", sagte ich zu mir und schüttelte bedächtig den Kopf. "Das wäre zu einfach."

Hautnah erlebt – hellwach geträumt

Die täglichen Ereignisse im Knast zu erleben, ist häufig ein Alptraum im Wachzustand. Oft stelle ich mir die Frage, ob man ein Restposten, ein Fossil aus längst vergangenen Tagen sein muss, um das hier Beschriebene so und nicht ganz anders zu sehen? Ein Jeder hier kann sich das in seinem geheimsten Innern beantworten, denn die Meinung nach außen zu tragen, könnte den Verdacht erregen, auch von gestern und damit nicht von dieser Welt zu sein.

Unzählige Missstände und Unzulänglichkeiten begleiten den Haftalltag überall, aber das alles hautnah im Haus II der Justizvollzugsanstalt Berlin-Tegel zu erleben, ist ein ganz besonderes, scheinbar nie enden wollendes Erlebnis. Es umgibt mich ständig, Tag für Tag, von morgens bis zum Nachtverschluss. Doch selbst dann, obwohl die Türen verschlossen sind, geht diese Abenteuerreise für mich weiter. Sie unterbricht erst, wenn der Schlaf seine raue Decke über mir ausbreitet. Na endlich! Wieder 'nen Tag abgehakt. Endlich könnte mal was Positives kommen, wenn … Ja, wenn da nicht diese Träume wären.

Es ist leider unstrittig, dass der Vollzugsalltag immer und immer wieder offenlegt, wie unvollkommen, ungerecht und total herzlos hier mit Menschen verfahren wird. Macht sich auch mal jemand Gedanken darüber, wie Gefangene mit ihren Leidensgenossen umgehen? Allein dieses Thema anzusprechen, wird von den meisten mit der hochverachteten Anscheißermentalität gleichgesetzt.

Ist ja auch ganz klar: hier gibt es schließlich nur ganz tolle Hechte, Megaverbrecher, Siegertypen und Millionäre. Komisch nur, dass die trotzdem alle hier gelandet – ich sollte besser sagen: gestrandet – sind. Sprüche, Geschichten, Märchenstunde inklusive, ein Wahnsinn. Unsägliche Schmerzen bereitet da allein das beiläufige Zuhören. Leute, die an der U-Bahn ein paar Heroinkügelchen vertickert haben, erzählen dir dann von Kilos und ganzen Tonnen, die monatliche Gewinne von mehreren zehntausend Euro gebracht haben sollen. Im gleichen Atemzug betteln die dich um eine Zigarette oder einen Löffel Kaffee an. Ganz großes Kino!

Da wird gelogen und betrogen, bedroht und geschlagen. Es geht schließlich um ganz große Geschäfte. Bis zur Wirkungslosigkeit gestreckte Pülverchen, Gramme, die willkürlich geteilt und gedrittelt werden. Als Geschäftsmann muss man eben auf Zack sein.

Ganz groß sind auch die Händler sogenannter Scheißhausparolen. Die wissen alles, wobei die Erzählungen fast immer damit anfangen: "Du, ich habe gehört, dass …" Auf die Frage: "Von wem hast du das gehört?", folgt dann meist das Schweigen im Walde oder die alles erklärende, aber nur geflüsterte Aussage: "Das kann ich dir nicht sagen." Ein verstehendes Kopfnicken sorgt für Entspannung und schon geht es weiter. Hauptsache, die erfundenen Neuigkeiten konnten unters Volk gebracht werden und der Gerüchtekoch sich wichtigmachen. Irgendwas ist schließlich immer dran!

Eine andere Spezies sind die Millionäre. Deren Penthouse wird momentan von der Putzfrau bewohnt, den

Lamborghini fährt gerade irgendein guter Kumpel und wenn du bei denen in die Zelle kommst, steht im Schrank 'ne Maus und hält ein Schild nach oben. "Hilfe – Hunger!" Ansonsten gähnende Leere. Aber am Telefon wird die Frau oder Freundin massiv angemacht, weil der neue Markenjogginganzug noch nicht eingetroffen ist. Manchmal ist es eben nicht so leicht, die vielen Wünsche vom Jobcenter erfüllt zu bekommen. Hauptsache: immer schön auf die Kacke hauen. Ist doch egal, ob die draußen was im Kühlschrank haben.

Die ganze Größe dieser Helden sieht man täglich beim Blick aus dem Fenster. Zentnerweise Lebensmittel pflastern den Innenhof. Scheiß drauf! Was kostet die Welt? Morgen wird dann munter gemeckert. "So 'n Scheißfraß." Und wieder fliegt er im hohen Bogen raus. Wie immer, aus dem Fenster.

Aber wahrscheinlich findet das alles gar nicht statt, sondern es sind nur irgendwelche wirren Träume von mir. Komisch nur, ich erlebe oder träume es Tag für Tag. Immer fleißig gegeneinander statt miteinander.

Für die Justiz ist das natürlich ein gefundenes Fressen. Denn stellt euch mal vor, die Gefangenen wären sich rundherum einig. Das ist das Schlimmste, was dem Apparat passieren könnte. Deshalb schaut man auch über vieles einfach hinweg, tut so, als wäre alles in bester Ordnung. Hier und da wird sogar noch ein bisschen gehetzt, das gegenseitige Ausspielen forciert und nachhaltig gefördert. Das Endresultat sind Gruppen und Grüppchen, Interessengemeinschaften und viele, viele Einzelkämpfer, von denen immer wieder einige auf der Strecke bleiben.

Irgendwie ganz schön wirre Gedanken, denn eigentlich ist doch hier alles in Ordnung. Zumindest, wenn man nicht darüber nachdenkt. Na dann, ihr Superknackis: Augen zu und weiterträumen!

Eine Fiktion

Wie immer hielt ich das übliche Procedere ein, um ein Gespräch mit dem hiesigen Landesfürsten führen zu dürfen. Ich stellte einen Antrag, obwohl mir das noch nie geholfen hatte. Zum ersten Mal hatte ich es am Anfang meiner Odyssee durch die einzelnen Städte dieses besagten Fürstentums versucht, jedoch – bis dato erfolglos. Aber ich durfte nicht das Vertrauen in die Obrigkeit verlieren, denn dieser Verlust geht mit deren Verachtung einher.

Nach einer angemessenen Frist von etwa vier Wochen ließ mich besagter Fürst, geben wir ihm ein Pseudonym und nennen ihn von nun an *Fürst Lustlos*, zu sich holen. Eine Charakterisierung sollte damit nicht getroffen werden, denn dann müsste er andere Titel tragen. Aber immerhin wurde ich zu ihm gebracht.

"Fürst Lustlos", begann ich mit dem Mute der verzweifelten Überraschung, in die mich dieser unerwartete Ausgang meiner langen Bemühungen, eine Audienz zu erhalten, versetzt hatte. "Mir sei die Bemerkung gestattet, dass ich das Ganze, also den Grund meiner so schlechten Behandlung in Ihrer Stadt, nicht verstehe. Im Verlauf meiner unbeschreiblichen Irrfahrt durch die Instanzen habe ich schon vieles nicht verstanden und viel zu oft geschwiegen, aber ich denke, durch mein Stillhalten jetzt so viele Erkenntnisse gewonnen zu haben, um einen Einblick in die Gründe all dieser Komplikationen zu verdienen. Leider musste ich, nur mit einem Einreisevisum versehen, um zu meinem nächsten Ziel zu gelangen, einen mir unbekannten langen Aufenthalt in Ihrem Reich einlegen. Mein bisheriges Verhalten in Ihrem Fürstentum sollte Ihnen doch mehr als genug verdeutlichen, dass ich Ihrem Land in keiner Weise zur Last fallen oder gar schaden will. Mein bisheriges Verhalten kann ich mit Fug und Recht als unauffällig bezeichnen und es gab von keiner Seite je Beanstandungen. Außerdem habe ich, bevor ich hierherkam, in einem anderen Land von Geburt an mein Leben bestritten, und ich habe durchaus das Bedürfnis, dorthin zurückzukehren. Wäre ich also nicht eingereist, so könnte ich mich dort noch immer vollkommen frei aufhalten", erklärte ich.

"Das ist es eben", erwiderte Fürst Lustlos und sah mir dabei in die Augen. "Wären Sie nicht hierhergekommen, so wäre das in Ordnung. Zumal Sie nicht eingeladen wurden, denn dann wäre die Lage anders, und ich müsste Sie nicht nach unseren Vorschriften behandeln, die ich unbedingt einzuhalten gezwungen bin."

"Das verstehe ich schon", antwortete ich. "Obwohl ich nicht begreife, dass die hiesigen Vorschriften etwas verbieten sollen, was mir nach den Gesetzen des Landes erlaubt ist, solange ich innerhalb seiner Grenzen weile. Dazu kommt noch, dass ich gerade durch mein Hiersein in einen Stand versetzt werde, auf lange Zeit nicht mehr in mein Heimatland zurückkehren zu können, obwohl das für alle Beteiligten die einfachste – und kostengünstigste – Lösung wäre. Ich gebe gern zu, dass diese Entwicklung nicht voraussehbar war, als ich hier ankam, jedoch besteht eine hinlängliche Möglichkeit, wenn Sie es in Erwägung zögen, mir durch die bestehende Gesetzgebung zu helfen. Auch ein Visum in ein mir unbekanntes Drittland würde mich viel weiterbringen. Ich müsste sonst ihr Land noch weiter mit meiner Gegenwart belasten. Dies nähme sowohl mich, wie auch Ihr Reich, über die Maßen in Anspruch."

"Ich verstehe, dass Ihnen Ihre Argumentation absolut logisch erscheinen muss", bestätigte Fürst Lustlos meine Ausführung. "Jedoch bedaure ich, Ihnen sagen zu müssen, dass diese Logik hier keine Wirksamkeit besitzt. Sie gelängen mit weniger Kopfzerbrechen und viel rascher an Ihr Ziel, wenn Sie sich die Genehmigung Ihres Ansinnens einfach von unseren unabhängigen Gerichten geben ließen. Warum tun Sie das eigentlich nicht?"

"Schließen Sie bitte nicht aus der Tatsache, dass ich mit Ihnen spreche, Fürst Lustlos, dass ich es nicht schon längst versucht habe und dass es aus irgendwelchen, mir unerklärlichen Gründen immer wieder abgelehnt wurde." Doch plötzlich gab ich dem in mir wachsenden Verlangen nach und setzte mein ganzes Sein aufs Spiel, als ich sagte: "Es wäre natürlich auch denkbar, dass die Ablehnungsgründe dadurch rechtmäßig sind, weil ich das Regime, das sich nicht erst seit kurzem hier etabliert hat, wegen seiner Grausamkeit und Unmenschlichkeit nicht billige. Ist Ihnen, Fürst Lustlos, dieser Despotismus nicht schon selbst aufgefallen?"

"Nein, davon ist mir nichts bekannt", entgegnete mir Fürst Lustlos eisig. "Auch in anderen Ministerien ist darüber nichts bekannt. Diesbezüglich ist mir überhaupt nichts bekannt. Es gibt für alles Vorschriften, an die ich mich halte. Andererseits bin ich durch meine Stellung vollkommen frei in meinen Entscheidungen, was jedoch ausschließt, dass ich für all die schon ergangenen Entscheidungen die Verantwortung übernehme. Das werden

Sie doch sicher verstehen?", sagte er in einem süffisanten, ironischen Unterton.

"Ich möchte das Gehörte gerne verstehen", sagte ich, doch es fiel mir verdammt schwer, die Contenance zu bewahren. "Ich frage mich, ob Sie die Schriften von Franz Kafka kennen, Fürst Lustlos? Es scheint so, als sei ich in eine Maschinerie geraten, die mich nie mehr loslassen will und die mich in beängstigender Weise an die Geschichten jenes Autors erinnert!

"Diese Dichtungen kenne ich selbstverständlich", räumte Fürst Lustlos ernst ein. "Es ist Ihnen gewiss nicht entgangen, dass ich schon angeführt habe, dass wir Sie nicht hierher eingeladen haben. Vielleicht entsteht dadurch für Sie der Eindruck, der Sie glauben lässt, einen Einblick in das innere Wesen – deren Eigentümlichkeiten und Erkenntnisse – unserer Maschinerie, wie Sie es so treffend nennen, gewonnen zu haben und der mich zwingen soll, Ihnen noch mehr zu gewähren."

Nun war ich drauf und dran endgültig die Fassung zu verlieren. Fast fürchtete ich, es mit einem Verrückten zu tun zu haben, einem, der sich gleich auf mich stürzen und mich für die Exekution *In der Strafkolonie* von Franz Kafka vorbereiten lassen wollte. Die Anspielung auf Kafka hatte ich nur nebenher – quasi en passant – eingebracht, aber Fürst Lustlos schien sie für real zu nehmen und irgendwelche phantastischen Folgerungen daraus ableiten zu müssen.

"Man wird dem Ganzen nicht gerecht", fuhr Fürst Lustlos fort, "wenn man das, was Ihnen und einigen anderen auch geschieht, bestimmten Zwecken des sogenannten realen Lebens zuordnen würde. Das Ganze hat seinen erhabenen Zweck in sich selbst. Was ich Ihnen erzähle, sind gewissermaßen keine amtlichen Erklärungen. Es gibt kein geschriebenes Reglement, das besagt, wie wir mit Ihnen verfahren müssen. Es sind alles Früchte meiner Ministerien, von mir, Früchte des Nachdenkens, Früchte der Optimierung, gewachsen und geerntet durch jahrzehntelange Arbeit im Dienst des Landes. Natürlich sieht es von außen so aus, als wären die einzelnen Sektionen, Polizeibüros, Ministerien, die Behörden der verschiedenen Landesteile dazu eingerichtet und ausgestattet, um den gesetzlichen Bestimmungen – der öffentlichen Sicherheit, dem Schutz der Bevölkerung und der Ordnung – zu dienen. Aber es bedarf nicht viel Weitblicks, um zu entdecken, dass diese angeblichen Bedürfnisse in einer auffallend unkonventionellen Art bedient werden. Das Ganze hat also offenbar einen von äußeren Zwecken abgesonderten Sinn, der durch Vorgaben der verantwortlichen Behörden den profanen Blicken des Volkes verborgen bleiben soll. Dass diese Verschleierung unvollkommen ist, dass die Lücken und Widersprüche hin und wieder in der Öffentlichkeit auftauchen, ist einer antagonistischen Beamtenschaft und querulierenden Anwälten geschuldet. Aber durch die hohen Geistesgaben der Macher dieses Konzepts, kann nicht gezweifelt werden, dass gerade in diesen Widersprüchen ein wesentliches Element von Sinn und Gerechtigkeit liegt. In der Tat sind es die Widersprüche, die dem System immer wieder neue große Impulse zur Wandlung verleihen und es damit am Leben erhalten."

Seine Eloquenz und seine Dialektik ließen keinen weiteren Einspruch zu. Das Recht wurde hier gebogen – gebrochen und durch eigene, für jede unerwartete Situation neu anzupassende Konzepte ersetzt.

Langsam, ganz langsam dämmerte mir, dass ich loslassen muss, dass ich kapitulieren muss vor dieser brachialen

Omnipotenz, vor dem Klopf, Klopf an meine mir wichtige
Tür der eigenen Existenz. Dieser Duodezstaat[12] würde keinen Deut tun, um mich vor einer von ihnen bestimmten Zeit
gehen zu lassen. Das Recht hatte hier kein Recht.

---

[12] Duodezstaat – ein kleines (unbedeutendes) Fürstentum

Das Zuchthaus

Ich weiß, woran Sie denken, wenn Sie das Wort Zuchthaus hören. An ein Gefängnis, in dem gezüchtigt wird. Eventuell gehören Sie sogar zu den Leuten, die meinen, es wäre viel besser, wenn es noch richtige Zuchthäuser gäbe. Früher war bekanntlich alles besser. Den Knackis geht's doch eh viel zu gut. Die werden auf Staatskosten versorgt und aufgepäppelt, können den ganzen Tag fernsehen und beschweren sich noch. Das ist wirklich eine Schande! Wie recht Sie haben. Selbst ich muss zugeben, dass es uns viel zu gut geht. Also immer roff of den hohlen Kopp und mitgebrüllt. Um das Zuchthausambiente wenigstens ein bisschen zu erhalten, gibt es immerhin noch den Bunker und die Sicherheitsstation. Ich muss Sie nur dahingehend enttäuschen, es gibt auch dort keine Ketten mehr, mit denen der Delinquent an der Kerkerwand befestigt wird. Auch die körperliche Folter wurde de jure abgeschafft, aber darauf wollte ich nicht hinaus. Der Wegfall liebgewonnener Traditionen wird meist begleitet von der sprachlichen Anpassung an die neuen Gegebenheiten. Soll heißen: alte Wörter geraten in Vergessenheit, neue kommen eventuell hinzu, doch seien wir ehrlich, in aller Regel heißt das nur, dass ihr Schulenglisch etwas aufgebessert wird oder anderes Sprachengewirr Einzug in unseren Alltag hält. Wobei es da auch Ausnahmen gibt.

Merkeln Sie was? Ich hätte für das Wort aufbessern auch *aufgardiolern* sagen können, um den Begriff *aufpeppen* zu umschiffen. Aber darauf wollte ich auch nicht hinaus. Denken Sie einfach an das schöne Wort Pogrom, es kommt immerhin aus dem Russischen und ist das Paradebeispiel für die Indoktrination der deutschen Sprache.

Sich dieses baldigen Verlustes des schönen deutschen Wortes 'Zuchthaus' bewusst, kam es, dass ein Gefangener sich ernsthaft Gedanken über dessen Verbleib im nationalen Sprachschatz machte. Die Zeit war auch reif dafür, drohen doch immer mehr liebgewonnene Eigenheiten nicht nur allmählich zu verschwinden, sondern schnell in Vergessenheit zu geraten. Als Beispiel sei an dieser Stelle das Wort *Vormelder* genannt. Wo kämen wir hin, wenn jeder verstünde, dass nur ein formloser Antrag damit gemeint ist? Und die Vorzeichen für dieses Wort zeigen nicht nur auf Sturm, sondern weisen auf einen bevorstehenden Orkan hin. *Vormelder steht nicht im Duden!* Machen Sie sich selbst Gedanken, was das heißt! Bei anderen Begrifflichkeiten besteht die Gefahr des Totalverlustes zwar noch nicht, aber die Vielschichtigkeit der deutschen Sprache ließe zu wünschen übrig, gingen die weniger bekannten Bedeutungen sang- und klanglos unter. 'Sprecher' ist so ein Wort. Der Duden vermerkt dazu lediglich noch den Begriff der Sprecherin, lässt das deutsche Volk und alle, die unserer Sprache wirklich mächtig werden wollen, darüber im Unklaren, was sich noch hinter dem Wort verbirgt. Woran denken Sie, wenn Sie an den Sprecher denken? An eine Labertasche, ich weiß, wobei Sie einräumen müssen, dass eine Tasche nicht labern kann. Ich wiederum muss zugeben, es besteht in der Tat auch die Möglichkeit, sich eine Sprecherin vorzustellen, aber die Justiz wäre nicht sie selbst, wenn es da nichts gäbe, worauf wir alle stolz sein können, auch wenn wir ohne fremde Hilfe nicht auf den richtigen Gedanken kämen. Der Besuch. Es könnte alles so einfach sein, wenn man sagen dürfte: "Ich habe heute Besuch." Ob Sie es glauben oder nicht, ich habe sogar schon Beamte gesehen, die daraufhin gesagt haben: "Sie haben keinen Besuch, *Sie haben Sprecher*." Aber das war im Untersuchungsgefängnis in Berlin-Moabit und konnte dem Umstand geschuldet sein, uns erst an die neuen Begrifflichkeiten heranführen zu wollen. Gelebte Integration de facto. "Sie haben Sprecher." Den Satz sollte man sich besser nicht auf der Zunge zergehen lassen. Das sehen auch einige Beamte in Tegel so, die, jeder gelebten Dienstanweisung zum Trotz, den folgenden Satz durch die Lautsprecheranlage jagen: "Herr E., bitte zur Zentrale, bitte zur Zentrale. Ihr Besuch ist da." Aber ich will nicht unterschlagen, meist nur die Ansage: "Herr E. zum Sprechen", zu hören. Das ist immer noch besser, als die Moabiter Variante, kommt allerdings eingangs zitierter Labertasche verdächtig nahe. Aber ich lenke schon wieder vom eigentlichen Thema ab und kehre zum Ausgangspunkt der Überlegungen zurück: dem Zuchthaus.

In Zeiten der Flüchtlingsströme kommen einem da schon interessante Gedanken, und einen muss ich Ihnen erzählen. Wie gesagt, er ist nicht meinem Geist entsprungen, aber lässt sich variabel an die Lebensumstände der Nation anpassen. Wenn Sie jetzt denken: 'Diesen rechtspopulistischen Mist lese ich besser nicht', dann kann ich Sie beruhigen. Eine politisch neutrale Idee liegt der neuen Bedeutung des Wortes zugrunde, und diese ist so offensichtlich, dass es verwundert, sie noch nicht in einem Parteiprogramm gefunden zu haben. Zumal der Grundsatz *Jus primae noctis*[13] bereits seit Jahrtausenden ein fester Bestandteil des menschlichen Zusammenlebens war. Aber wer spricht heute noch Latein, wenn man von katholischen Popen absieht, und die leiden schon genug.

Zuchthaus. Wenn Sie jetzt die Augen schließen und das Wort ganz langsam, aber deutlich, aussprechen, ist es nur eine Frage der Zeit, bis Ihnen eine alternative Bedeutung in den Sinn kommen wird. Probieren Sie es aus und lesen Sie in einer Minute weiter! Ich warte so lange.

Na, wie war's? Sicherlich sind Ihnen die erotischen Aspekte des Wortes 'Zucht' aufgefallen. Ich möchte dabei nicht ins Detail gehen, muss aber die Leser unter Ihnen enttäuschen, die ein *Laufhaus* im Sinn hatten. Wobei das, was man in einem Laufhaus macht, die Basis der Arbeit darstellt. Auch das Wort Laufhaus steht nicht im Duden!

Spinnen wir den Gedanken doch etwas weiter aus. Sie werden gleich erkennen, welche phantastischen Möglichkeiten sich bei konsequenter Umsetzung ergeben. Und ganz ehrlich, irgendwer in der JVA Tegel muss diese Gedanken auch gehabt haben. Ich meine nicht den Gefangenen, der mir davon erzählt hat, aber vielleicht hat er – oder der, der es ihm vertraulich weitergegeben hatte – beim Gefängnisdirektor oder gar beim Justizsenat etwas durchblicken lassen und dann ist es auch den Damen und Herren dort wie Schuppen von den Augen gefallen. Es musste sofort eine strategische Erstmaßnahme her. Erst dachten wir Gefangenen, diese richtet sich wie immer gegen uns, dabei war genau das Gegenteil der Fall, als Filme mit der Altersfreigabe 'FSK ab 18 Jahren' untersagt wurden. Begründet wurde das

---

[13] Das Recht des Adligen auf die erste Nacht

Ganze zwar offiziell mit den Gewaltszenen, die in solchen Filmen enthalten sein können und uns psychisch beeinflussen, aber spätestens als ein Gefangener bei Gericht klagte, um die liebgewonnenen Porno-DVDs weiterhin legal besitzen zu dürfen, fiel die Maskerade wie alter Putz an einer denkmalgeschützten Hausfassade herab. Die Maschinerie der Berliner Justiz arbeitete auf Hochtouren, fand Gutachter, die die Gefährdung der Gefangenen auch bei normalen Pornos bestätigte und versuchte so, den Masterplan zu verschleiern. Einzig die bereits eingebrachten, also mit Justizsiegel versehenen Altbestände, dürfen sich nach wie vor im Besitz eines Gefangenen befinden. Sie können sich bestimmt vorstellen, wie begehrt diese DVDs jetzt sind. Gerade bei den Gefangenen, die sich gegen die von oben zu erwartende Maßnahme zur Wehr setzen. Aber ich erzähle schon wieder zu viel. Zurück zum Zuchthaus und *Jus primae noctis*.

Man muss dabei über den Tellerrand schauen, wie es so schön heißt oder anders ausgedrückt: interdisziplinäres Denken ist gefragt. Aber die Gedankenkette ist letztlich ganz einfach und logisch. Ausgangssituation ist ein deutscher Strafgefangener. Wohin mit diesen Leuten, wenn sie auf die Gesellschaft und damit auf Sie losgelassen werden? Am besten ganz weit weg. Mit einem verminderten Hartz-4-Satz ausgestattet, geht es entweder in die Krisenregionen oder Entwicklungsländer dieser Welt. Der verminderte Hartz-4-Satz ist nötig, um die Gleichstellung abtrünniger Rentner sicherzustellen, die der geliebten Heimat in Pattaya oder ähnlich verruchten Orten den Rücken zukehren, aber auch das ist ein anderes Thema. Der Ex-Sträfling jedenfalls bekommt am Ankunftsort ein Haus zugewiesen, und das ist höchstwahrscheinlich sogar billiger als eine kleine Wohnung in Berlin.

Dort hat er sich den geltenden Regeln anzupassen, sich nach außen hin zu integrieren und vier Frauen zu heiraten. Es müssen Einheimische sein. Merken Sie, wo es hingeht?

Mit diesen vier Frauen hat er viele Kinder. Toll wäre natürlich, wenn er mit ihnen Deutsch spräche. Das schont die Kassen, wenn sie später als Humanreserve nach Hause geholt werden. Je nachdem, wer dann an der Spitze der Nation steht, kann die Heimholung auch anders betitelt werden, aber wir wollen uns bei den Überlegungen nicht mit unnötigen Details rumschlagen. Das ist Aufgabe der nachfolgenden Generationen.

Zurück zum Plan. Fällt Ihnen auf, wie viele Probleme gelöst werden können? Nur eine kleine Aufzählung, die Sie in Ihrer Freizeit gern vervollständigen dürfen.

1. Die permanent fortschreitende Unterwanderung des deutschen Bundestages wird dadurch zwar nicht aufgehoben, aber wir können mit den gleichen Waffen zurückgeschlagen. Die Kinder der deutschen Ex-Sträflinge haben nämlich zwei Pässe. Den guten alten deutschen und den des Drittstaates. Wenn sie nicht zurückkommen, dann werden sie dort Politiker. Die gute alte Assimilation: Widerstand ist zwecklos.

2. Durch das ans Landesniveau angepasste, aber weiterhin gezahlte Kindergeld ist die Schulbildung gesichert und ruckzuck – immerhin nur ein bis zwei Generationen später – haben wir in der Tat hochqualifizierte, engagierte Mitarbeiter in deutschen Firmen, die uns durch ihre Arbeit die Renten sichern. Über die Ergebnisse der Pisa-Studie können wir dann hinwegsehen und der noch bestehende Lehrermangel ist bereits in wenigen Jahren vorbei.

3. Die Kollateraleffekte, die unsere Gesellschaft schon heute zum Paradies auf Erden machen können, sind enorm.

Unsere Politiker müssen nicht mehr den Schutz der freiheitlich demokratischen Ordnung vorschieben, wenn sie in Afghanistan, im Irak, in Libyen oder anderswo einmarschieren wollen. Sie müssen nirgendwo mehr einmarschieren und halten lediglich eine Rückholtruppe zum Schutz der im Ausland lebenden Deutschen bereit. Nur für den höchst unwahrscheinlichen Fall, es sollte doch ein- oder anderenorts einmal nötig sein.

4. Die Kosten für Wiedereingliederungen nach der Haftentlassung fallen zwar nicht weg, aber werden endlich in die richtigen Kanäle geleitet. Die Sicherheit auf unseren Straßen steigt wieder und in kürzester Zeit wäre die angebliche Personalknappheit der Polizei Geschichte. Der Steuerzahler – das sind Sie – erfährt endlich die Entlastung, die ihm zusteht.

5. Die finanziellen Aufwendungen für die Entwicklungshilfe können ersatzlos gestrichen werden, zumal nicht einmal sicher ist, ob sie überhaupt bei den bisher erhofften Adressaten ankommen. Jetzt geht das Geld gezielt an die Haushalte, die es zu entwickeln gilt. Die Korruption wird bald nur noch ein abstrakter Begriff sein und der kann dann zu Recht aus dem Duden entfernt werden.

6. Wenn die Entsandten fleißig deutschstämmige Kinder produzieren, kann auf weitere Steigerungen des Rentenbeitrags verzichtet werden.

Gut, es wird noch weniger blonde und blauäugige Menschen geben, aber Äußerlichkeiten sind nicht alles und letztlich sollten sowieso die inneren Werte entscheiden. Wobei ich gerade ins Grübeln komme. 'Innere Werte, blonde Haare und blaue Augen.' Was könnte damit genau gemeint sein? Bevor ich weiter herumfasele, entlasse ich Sie lieber für heute. Sie müssen noch die Liste vervollständigen und können Ihre Erkenntnisse gern der Partei Ihrer Wahl schicken. Der Begriff der Leitkultur ist ja wieder salonfähig geworden. Aber bitte vergessen Sie nie: Ein Zuchthaus ist ein Haus zum Züchten. Nicht mehr und nicht weniger.

Wenn Sie nachher im Bett liegen, dürfen Sie gern darüber nachdenken, wie es die Engländer einst geschafft haben, ein Weltreich aufzubauen und ihre Sprache zum Exportschlager zu machen. Nicht umsonst nehmen die Australier als ehemalige britische Strafkolonie sogar am Eurovision Song Contest teil. Jetzt bleibt mir nur noch, Ihnen ein freundliches Maa-salam zu wünschen.

Träume

Ich kann mich umsehen wie ich möchte, ich schaue in verlebte Männergesichter, in blauen Monturen, gewaschen und gebügelt, vorbereitet wie zu einer Parade, und als ich noch einmal genauer hinschaue, haben alle kurze Hosen an und lange ölige Haare. Sie sehen jetzt aus wie Machos, mit harten unnahbaren Gesichtern. Angestrengt lauschen sie dem Redner, der von einem Pult, auf einer extra für ihn aufgebauten Bühne, die Masse in seinen Bann zu ziehen versucht.

Der als intellektueller Redner angekündigte Geschichtenerzähler lässt sich lang und breit über die voraussichtliche Zukunft aus. Er palavert über blühende Landschaften, Arbeit und Wohlstand für alle. Die Männer hören entzückt, fasziniert dem Wortjongleur zu und schreien in den kunstvoll gesetzten Pausen des Redners immer wieder ein patriotisches *Hurra Deutschland* und *Lang lebe Felix, unser zukünftiger totalitärer Führer.*

Am Ende hallt ein vieltausendstimmiges *Hoch* von den umstehenden Hochhäusern wider. So einfach kann ich dem Palaver nicht zustimmen und begehre gestikulierend dagegen auf, was die Blaumänner jedoch nicht hinnehmen wollen.

Mit dem Mut der Verzweiflung schlage, trete ich um mich, beiße, kratze und – erwache. Aufatmend konstatiere ich, dass man doch noch nicht – schon wieder – so weit ist. Ich schwitze und stinke wie eine Sau, wobei mir bisher, was noch kommen kann, kein schwitzendes Schwein begegnet ist.

Die Dusche ist mein erstrebtes Ziel, um mich von meinem Unwohlsein reinzuwaschen. 'Was habe ich für Ungereimtheiten geträumt, was verarbeitet mein Unterbewusstsein des nachts für Merde', denke ich. Vielleicht sollte ich vor dem Zubettgehen nicht mehr fernsehen, vielmehr vor dem Einschlafen immer etwas lesen, irgendetwas, das mich entrückt oder zumindest entzückt. Das Abendblatt wäre eine Alternative, banal trivial, und dann schlafe ich, ohne von Gedanken verfolgt zu werden, selig ein und schwitze nicht wie eine Topsau, auch grunze ich nicht und schlage um mich wie ein Berserker.

Unter der Wucht meiner gedanklichen Rhetorik breche ich beinahe zusammen. Erschlafft und zermürbt von meinen fast schon apokalyptischen Zukunftsvisionen mache ich mich an die Reinwaschung unter der Dusche, ohne mich um die Beweisführung zu kümmern, die mein Kopf wie selbstverständlich vornimmt. Er teilt mir mit, dass wir längst schon wieder in einer solchen Zeit leben und die Wandlung latent, weniger unbemerkt, vor Jahrzehnten begonnen hat. Ein altes braunes Gespenst schwebt erneut über uns, aber dessen unbeeindruckt mache ich mich frisch gebraust auf, um mir eine abendliche Lektüre zu kaufen. Wohlwissend, dass es den momentanen Zustand nicht ändert, aber mich vielleicht beruhigt.

Eigentlich habe ich keine rehhafte Scheu vor dem gedruckten Wort, aber eine Tageszeitung werde ich nicht kaufen, denn ich habe nicht die Lust und die Kraft, die Beweisführung des Schmierblattes zu widerlegen, auch nicht, mich politisch mit den Ungereimtheiten auseinanderzusetzen. Tapfer betrete ich eine Buchhandlung, alles ist hier klar und übersichtlich gegliedert, ich sehe wo Kant, Heraklit und der Rest der Philosophen stehen, auch Goethe und Karl May sind leicht zu finden. Ich spreche einen Verkäufer der schriftlichen Wunderwerke an und bin über meine Worte – die Suchanfrage –, die mir mein Unterbewusstsein eingibt, erstaunt, denn ich frage ihn: "Haben Sie etwas, was vor dem Zeitalter des ungebeugten Germanentums handelt?"

Schneller als ich die Worte ausgesprochen habe, erhalte ich ein Buch von 450 Seiten, ein "Sittenbrevier aus ehernen Zeiten der Germanen", geschrieben von einem, der es wissen muss, einem A. Schnittler. Der Kauf wird getätigt und ich mache mich auf den Heimweg.

Die Nacht kommt, und voller Erwartung aber auch mit Misstrauen fange ich an zu lesen, lösche dann das Licht aus und schlafe ein. Und siehe da! Ich träume von hübschen Zinnsoldatinnen und deren Dekolletés. Was ich von den Zinnsoldatinnen träume, kann ich nicht mitteilen, ohne Landesverrat zu begehen und von ihren Dekolletés möchte ich aus Gründen der Pietät und meiner bekannten rücksichtsvollen Verschwiegenheit nichts erzählen, obwohl mir bei den rückblickenden Gedanken immer noch die Schamesröte ins Gesicht schießt. Kurzum: als ich am Morgen erwache, kann ich kaum aufhören zu lächeln.

Am nächsten Abend lese ich von Walküren, in meiner Fantasie gefallen mir die Jungfrauen sehr, jedoch kann ich mich nicht für die Vorstellung erwärmen, nach einer siegreichen Schlacht für Walhall geopfert zu werden.

Nach einigen Tagen des abendlichen Lesens komme ich zu einem Kapitel, das da heißt *Jus primae noctis*, infolge meiner radikalen Ablehnung aller Fremdwörter will ich eigentlich dieses Kapitel überblättern, doch dann erinnere ich mich, davon schon einmal gehört zu haben; auch mit einem Freund habe ich vor einiger Zeit darüber debattiert, naja, er hat sich freudig amüsiert anzüglich geäußert und ich debattiert, denn es geht hierbei um das Recht des Herrn auf die erste Nacht.

Ich lese und lese. Zuerst, wie üblich, begreife ich nicht, was ich lese, dann aber, als ich weiß, worum es geht, befasse ich mich sehr intensiv mit jedem Wort, jeder Erklärung und ich habe das Bedürfnis, die markantesten Absätze auswendig zu lernen.

Traditionen, geht es mir durch den Sinn, und ein Gedanke löst sich aus den tiefsten Tiefen meines Unterbewusstseins, etwas Kolossales, das schon lange nicht mehr dagewesen ist.

Ich habe eine Tochter, die mit einem ansehnlichen Aussehen gesegnet ist, und hier verbinden sich meine fixen Gedanken mit dem Gelesenen und unserem Bundesverweser, auch unser Bundespräsident hat Platz in dem Ideenkarussell. Welche Aussichten – Zukunft – hat mein Fleisch und Blut – wir? Einer dieser omnipotenten Potentaten muss nur von seinem verbrieften Recht Gebrauch machen.

Am Morgen zitiere ich mein allerliebstes Töchterlein an den Frühstückstisch und mache sie vertraut mit meinem Ansinnen und ihrer glücklichen Zukunft. Sie zeigt mir, gar nicht erbaut, einen Vogel. Nachdem sie ihre Sprache wiedergefunden hat, fragt sie meine Frau, die ebenfalls von meinem Ansinnen überrascht und verdattert ist, was denn um Gottes Willen in meinem Kopf vorgeht? Hier in der Wiedergabe habe ich die Worte entschärft, um etwas besser dazustehen. Sie fragt mich, wo ich mich in den letzten Jahren aufgehalten hätte und ob ich nicht wisse, dass zwischenzeitlich eine Bundesfürstin im Amt und der Bundespräsident ein alter Kirchensack sei. Ihre weiteren Worte gehen in einem näherkommenden Rauschen in meinem Kopf unter. Ich verstehe etwas wie: "Ich habe schon seit einiger Zeit einen Freund und wir leben doch nicht mehr in den vorherigen Jahrhunderten." Hier schaltet mein Gehirn die Außenwelt ab und meine Idee verdampft wie ein Käsekuchen nach drei Stunden im Ofen. "Verloren, alles verloren", zische ich wie der Held einer familiären Tragödie und erwache erneut aus einem luziden[14] Traum. Ich rufe meine Tochter herbei.

---

[14] deutlich

Der Plan

Zufrieden sah die junge Frau in den Spiegel. Sie strich ihre langen, schwarzen Haare beiseite und inspizierte die rasierte Stelle, an der die Platzwunde genäht worden war. Alles funktionierte nach Plan. Ihr Aufenthalt im Krankenhaus gehörte dazu. Der Raum war verschlossen und die Fenster vergittert, aber in ein oder zwei Tagen durfte sie gehen, das war sicher. Ihre Freundin hatte schon vorher gesagt, sie müsse während der Untersuchung einige Tage in Haft bleiben, aber wenn sie sich an den Plan hielte, würde nicht mehr passieren und sie am Ziel ihrer Träume sein. Zwei Tage war sie bereits hier. Halbzeit!

Die Tür wurde aufgeschlossen. Automatisch machte sie einen leidenden Blick. "Ich bin im Bad. Einen Augenblick bitte", rief sie mit ebensolcher Stimme. Es klang genauso, wie sie es zu Hause geübt hatte.

"Kein Problem, ich warte", sagte eine Männerstimme.

Sie erkannte sie sofort wieder. 'Lehmann, dieser alte Trottel', dachte sie und genoss einmal mehr, wie sie ihn mit ihren Tränen um den Finger gewickelt hatte. Ihrem südamerikanischen Charme konnte man nur erliegen. Sie betätigte die Toilettenspülung, obwohl sie nicht ausgetreten hatte, wusch sich die Hände, die sauber waren, und kam mit kleinen Schritten heraus. "Hallo Herr Lehmann." Sie hatte nicht nur den Klang der Stimme unter Kontrolle, auch ihr Blick wirkte leidend.

"Hallo Frau Gonzales. Wie geht's Ihnen heute?"

"Schon besser, wenn nicht diese Kopfschmerzen wären." Wie zur Bestätigung fasste sie sich mit der flachen Hand an die Stirn und rang sich ein Lächeln ab.

"Ich hab nur einige Fragen. Es wird nicht lange dauern. Geht das?"

Sie nickte bedächtig. "Na klar." Dann schlurfte sie kraftlos die letzten Meter zu Kommissar Lehmann und setzte sich an den Tisch.

"Ich habe Ihre bisher gemachten Angaben geprüft. Auch wenn Sie in Notwehr gehandelt haben, …" Lehmann stockte und sah die junge Frau an.

"Es tut mir trotzdem leid, dass es so ausgegangen ist. Aber Sie müssen ja auch Ihre Arbeit machen und alles überprüfen. Das verstehe ich", beendete sie den vermeintlichen Gedanken des Kommissars mit traurigem Blick, aber frohlockte innerlich.

"Sie hatten Ihren Mann schon mehrfach wegen häuslicher Gewalt angezeigt. Wieso ist er nie verurteilt worden?", erkundigte sich der Kommissar.

"Er hat mir immer versprochen, sich zu ändern. Ich hab ihm geglaubt und später bei Gericht sogar vom Zeugnisverweigerungsrecht Gebrauch gemacht. Deswegen wurde er nicht verurteilt." Sie hielt kurz inne, dann ergänzte sie weinend: "Ich habe immer gehofft, er ändert sich wirklich. Darum hab ich ihm diese letzte Chance gegeben."

"Sie lebten doch bereits getrennt", fuhr Lehmann fort.

Sie nickte. "Ja, seit einem Jahr hatten wir zwei Wohnungen, aber in letzter Zeit hat er mir versprochen, dass alles wieder gut wird, und er seine Fehler bereut. Er kam mich öfter besuchen, brachte kleine Geschenke mit und wollte, dass wir wieder zusammenziehen."

"Hatte er nicht eine neue Freundin?", erkundigte sich Lehmann.

Die Tonlage der Frage ließ Frau Gonzales vermuten, dass der Kommissar es nicht genau wusste. "Wegen der kleinen Türkin hat er sich bei mir entschuldigt. Das war nur eine Affäre, und ich hab sie ihm verziehen", sagte sie leise. Der gnädige Tonfall gelang ihr gut. Sie hatte ihn oft genug zu Hause geübt und diese Akribie zahlte sich jetzt erneut aus.

"Kann sein", erwiderte Lehmann und sagte eine Weile nichts.

Sie wagte nicht, die Stille zu durchbrechen und bemühte sich, äußerlich gefasst zu bleiben. Die Vorfreude auf den bevorstehenden Sieg war in ihr kaum noch zu bändigen. Jeden Moment musste es geschafft sein. 'Jetzt mach nur keinen Fehler mehr und halt am besten die Klappe!', befahl sie sich. Bisher lief alles perfekt. Genauso hatte sie es mit ihrer Freundin einstudiert.

"Können Sie noch mal erzählen, was genau passiert ist?"

Sie fühlte sich jetzt noch sicherer. Die Frage des Kommissars schien nur aus Verlegenheit heraus gestellt worden zu sein und die Wiederholung des Offensichtlichen war einfach. "Am Montagabend rief er mich an und lud mich für Dienstag zu sich ein. Es sollte unser Neuanfang werden. Ich hab ihm geglaubt", sagte sie und weinte erneut.

"Das Telefonat hat eine Stunde gedauert. Wenn Sie sowieso verabredet waren, dann hätten Sie doch bei dem Treffen alles besprechen können?"

"Ja schon, aber er hat mir versichert, wie leid ihm alles tut. Die kurze Affäre mit der Türkin war doch beendet und er wüsste jetzt, dass ich die Frau seines Lebens bin. Er hat die ganze Zeit geredet und mir den Himmel auf Erden versprochen, wenn ich wieder zu ihm zurückkomme. Zu sich eingeladen hat er mich erst am Ende des Gesprächs."

"Und was geschah am Dienstagabend?"

"Ich kam wie vereinbart zu ihm. Anfangs war er auch sehr nett. Wahrscheinlich wollte er nur mit mir schlafen." Frau Gonzales bemühte sich, die Enttäuschung über diese Erkenntnis durch ihre immer leiser werdende Stimme zu untermauern.

"Was ja auch passiert ist", ergänzte Lehmann.

Sie lächelte verlegen, überspielte damit die Nervosität, die ihre Handflächen feucht und den Mund trocken machte. Mit gesenktem Blick antwortete sie schamhaft: "Er war schließlich mein Mann."

"Wie ging es weiter?"

"Wir hatten Sex. Erst ganz normal, doch dann wollte er plötzlich mehr. Na Sie wissen schon, wieder diese Praktiken ..."

"Welche Praktiken?"

"Fesseln und mit dem Mund und so. Ich bin katholisch und mag so was nicht." Peinlich berührt richtete sie ihren Blick nach unten.

"Mich irritiert nur, dass Ihr Mann noch die Hose anhatte, als die Polizei kam."

"Die hatte er schon wieder angezogen. Als er wütend wurde, hat er mir eine gescheuert und gesagt, ich soll mich verpissen. Dann begann er, sich anzuziehen. Weil ich noch einen Moment liegen geblieben bin, schlug er auf mich ein. So schlimm wie diesmal ..." Sie drehte ihren Kopf etwas zur Seite und deutete mit zitternden Lippen an, wie sehr ihr der Ausgang der Nacht leidtat. "Als er mich an den Haaren von der Couch zog und meinen Kopf gegen die Tischkante drosch, hatte ich Angst um mein Leben", schluchzte sie unvermittelt los.

"Und dann haben Sie die Weinflasche genommen, die Sie als Geschenk mitgebracht hatten, und zurückgeschlagen", fasste der Kommissar das weitere Geschehen zusammen und reichte ihr ein Tempotaschentuch.

"Danke", sagte sie kopfnickend. "Obwohl die Flasche auf seinem Kopf zerbrochen ist, hörte er nicht auf. Dich Schlampe mach ich kalt, hat er gesagt. Da hab ich aus Panik mit dem abgebrochenen Flaschenhals zugestochen. Ich wollte ihn nur abschrecken, maximal leicht verletzen. Ich konnte doch nicht ahnen, dass er so schnell verblutet."

"Es war immerhin die Halsschlagader", stellte Lehmann fest.

Sie nickte und heulte dabei.

"Wissen Sie, was mich wundert? Ihr Mann hatte Montag bei seinem Anwalt angerufen und einen Termin vereinbart. Er wollte die Scheidung einreichen, hat mir der Anwalt gesagt. Das Trennungsjahr war schließlich um. Hat er nicht deswegen am Montagabend mit Ihnen telefoniert?"

"Davon hat er nichts gesagt."

"Sie hatten einen Ehevertrag? Der Anwalt hat mir auch gesagt, Sie wären bei einer Scheidung leer ausgegangen."

"Na und. Wir wollten uns doch nicht scheiden lassen. Ich habe ihn schließlich aus Liebe geheiratet. Deswegen hat mich auch der Ehevertrag nicht gestört", erwiderte sie scheinbar gelassen, aber mahnte sich innerlich zur Ruhe.

"Und seine Gewaltexzesse auch nicht", ergänzte der Kommissar.

"Die schon. Wegen seiner Prügelattacken mussten wir schon einmal vor Gericht", sagte sie kleinlaut und biss die Zähne zusammen. 'Ich bin auf Kurs', dachte sie, denn die damaligen Ereignisse gehörten dazu. Sie waren sogar die Grundlage ihrer Idee gewesen.

"Was war damals passiert?", fragte Lehmann.

"Er hat mich bewusstlos geschlagen, und als ich wieder zu mir kam, wusste ich mir keinen anderen Rat und hab meine Freundin angerufen. Die hat dann die Polizei alarmiert. Ich konnte damals noch nicht so gut Deutsch", antwortete sie und hoffte, diesen kritischen Punkt endlich hinter sich lassen zu können. 'Hauptsache der Trottel fragt jetzt nicht, wie ich mich mit den Bullen unterhalten habe', dachte sie, obwohl auch dieses Szenario mit ihrer Freundin eingeübt war. An dieser Stelle hatte Frau Gonzales jedoch immer das Gefühl, dass Zweifel zurückbleiben könnten.

"Und dann wurde ihr Mann wegen häuslicher Gewalt der Wohnung verwiesen und es kam zur Anzeige durch die Polizei", fasste der Kommissar das damalige Geschehen zusammen.

"Stimmt", meinte sie leise und innerlich zufrieden.

"Aber Sie hatten keinerlei Verletzungen. Der Einsatzbericht der Polizei hat das sogar bestätigt. Ihr Mann wurde nur der Wohnung verwiesen, weil sie darauf bestanden haben", sagte Lehmann trocken.

Frau Gonzales nickte. "Ich hatte in dem Moment solche Angst. Er wusste genau, wo und wie man zuschlagen muss, ohne dass etwas zu sehen ist. Es war ja nicht zum ersten Mal passiert." Ihre Stimme vibrierte und die sonst so vollen Lippen wurden zu schmalen Linien in ihrem Gesicht. "Trotzdem habe ich ihn geliebt und sogar noch bei Gericht geholfen", ergänzte sie und war mit ihrer dargestellten Rolle der hilflosen Frau sehr zufrieden. Sie allein wusste, welche Talente in ihr schlummerten. Ihre Freundin wusste es auch.

"Der Anwalt meinte, Sie hätten Ihrem Mann angeboten, die Klage fallen zu lassen, wenn er Ihnen Eigentum überschreibt?"

"Das stimmt überhaupt nicht", sagte sie erbost.

"Kann sein." Lehmann hielt kurz inne. Nachdenklich meinte er: "Eines verstehe ich immer noch nicht: Wieso wollten Sie zu ihm zurück, wenn er so gewalttätig war?"

"Weil ich ihn immer noch geliebt habe", schluchzte sie wieder.

"Wissen Sie, was ich glaube? Ihr Mann hat sich nicht erpressen lassen, weil es diese Gewaltexzesse nie gab. Sie hatten auch keinen Sex am Dienstag und sind unangemeldet bei ihm erschienen. Wahrscheinlich haben Sie ihm gesagt, Sie seien zufällig in der Nähe und wollen nur nochmal mit ihm sprechen. Sein Fehler war, Sie reingelassen zu haben. Seine Freundin war nicht da, weil sie geschäftlich nach Istanbul musste. Vielleicht ist ihm das sogar am Telefon rausgerutscht, aber nicht, um Sie einzuladen."

"Dann hat er mich also schon wieder belogen. Männer wie er sind wirklich Schweine", erwiderte sie, wusste aber auch, dass ihr die Vermutungen des Kommissars nichts anhaben konnten.

"Sind Sie ganz sicher, dass Sie am Dienstag Sex mit ihm hatten?"

"Selbstverständlich. Die Ärzte im Krankenhaus haben das auch festgestellt. Ich hatte sein Sperma in meiner Scheide."

"Stimmt." Einen Moment schien der Kommissar nachzudenken. Dann kratzte er sich am Ohr und fragte: "Wissen Sie, warum es zeugungsunfähiges Sperma war?"

Frau Gonzales schüttelte den Kopf. "Sperma ist Sperma. Keine Ahnung, warum es war, wie es war. Ich verstehe nicht, worauf Sie hinauswollen?" Sie frohlockte innerlich.

Auch diese Frage hatte sie mit ihrer Freundin vorhergesehen und die Antwort einstudiert.

"Die Erstuntersuchung unter dem Mikroskop ergab, dass keine lebenden Spermien enthalten waren. Das wurde bereits im Krankenhaus festgestellt. Der Mediziner hatte das von sich aus überprüft. Bei Ihrer Einlieferung ins Krankenhaus war schon sicher, dass Ihr Mann tot ist. Die spätere DNA-Analyse bestätigte dann, dass es sein Sperma war."

Sie schaute Lehmann irritiert an. "Ich verstehe immer noch nicht. Von wem sollte es sonst sein, wenn nicht von ihm?"

"Es war von ihm, keine Frage, aber Sie hatten das lange geplant. Wahrscheinlich sogar schon, als sie noch zusammenlebten. Im Sperma wurden Spermizidrückstände festgestellt. Ich vermute, dass Sie ein von ihm benutztes Kondom im Kühlschrank eingefroren haben. Damals sind Sie noch ohne Probleme an eines herangekommen. Die Scheidung hat Ihnen einen Strich durch die Rechnung gemacht, und deswegen mussten Sie schnell handeln."

"Das erklärt wohl eher, warum wir keine Kinder haben. Das Kondom ist beim Sex gerissen, und er hat es anschließend sofort in der Toilette runtergespült, als er sich abduschen ging. Das hat er nach dem Sex immer gemacht. Sie sehen, an der Theorie ist nichts dran. Da geht die Fantasie mit Ihnen durch."

"Ihr Mann konnte am Dienstag gar keinen Sex mit Ihnen haben."

"Wie kommen Sie darauf? Natürlich hatten wir Sex. Wollen Sie mir jetzt die Schuld geben, weil er ein Kondom benutzt und es entsorgt hat?", erwiderte sie gereizt.

Lehmann schüttelte bedächtig den Kopf. "Natürlich nicht, aber ich habe mich lange mit dem Pathologen unterhalten, der die Leiche Ihres Mannes untersucht hat. Er hat mich auf etwas aufmerksam gemacht. Es hat Sie bestimmt Überwindung gekostet, sich die Verletzungen selbst zuzufügen. Sie hätten ihm erst die Hose runterziehen und dann um Hilfe schreien sollen. Dann hätte der Nachbar später die Polizei gerufen. Zeit genug war doch. Hätten Sie bei Ihrer Schilderung der Ereignisse auf den Sex verzichtet, gäbe es das Sperma nicht und ich müsste Sie jetzt gehen lassen."

"Wie bitte?" Sie sah den Kommissar irritiert an. "Ich verstehe nicht, was Sie wollen."

"Natürlich nicht. Ihr Mann hatte keinen Grund, sich mit Ihnen über seine Beschneidung zu unterhalten. Die fand am letzten Samstag statt."

Das Gesicht von Frau Gonzales wurde kreidebleich. Ihr Gehirn arbeitete auf Hochtouren, aber im Moment fiel ihr nur ein Satz ein. "Ich werde ohne meine Anwältin nichts mehr sagen."

Essay

Es ist nicht die Melancholie und Bitterkeit des Sommerendes, nicht die Vollendung einer schönen Zeit, nicht die Benommenheit eines Verliebten, der aus einer langen, schweren Liaison langsam erwacht, der nicht versteht, wie er überhaupt in diesen Zustand versinken konnte. Um mich, in mir herrscht Leere, die Öde, ich bin ausgelaugt und weiß nicht warum. Ich kann nicht erkennen, was das hervorgerufen hat. War es ein Wort, ein Gesicht, die Umgebung oder war es einfach nur ein Reflex im Spiegel, den mein Unterbewusstsein wahrgenommen hat und der mich nicht loslässt. Danach zu forschen, auch nur forschen zu wollen, ist vergeblich, ich muss sagen töricht, wie alles Fahnden nach einer Ursache auf dieser gestörten Welt.

In aller mir gebotenen Offenheit, eigentlich bin ich ein fröhlicher Mensch und für die Rolle des Melancholikers nicht einmal ansatzweise prädestiniert, auch bin ich nicht besonders geschickt darin, Langeweile zu empfinden, sinnierte ich lange darüber nach. Von jeher bin ich mit dem Talent gesegnet, mir die Zeit angenehm zu vertreiben, unter allen denkbaren Beschäftigungen mir die angenehmste herauszusuchen. Das ist mit der folgenden Episode, die zwar als Nebenhandlung begann, jedoch bis heute anhält, leicht zu berichten.

Als ich vor einiger Zeit auf dem Kudamm unterwegs war, um einige Besorgungen zu machen, sah ich eine schöne Frau. Nach Auskunft suchend trat ich an sie heran. Obwohl ich mir durchaus bewusst war, den Weg zu kennen, fragte ich sie nach einer mir bekannten Straße. Da machte ich eine, für meine Nase und Sinne, angenehme Entdeckung, die für mich so viel bedeutete, dass sie meine innere Welt erschütterte. Die Frau roch nach Hugo Boss, einem Männerparfum. Welche contradictio in adjecto! Das kam meinen Empfindungen nicht einmal ansatzweise entgegen. Meine Gefühle schlugen Purzelbaum! Fragen nach der Echtheit der Schönheit flogen durch meinen Kopf, der noch immer dabei war, mit weit geöffneten Nüstern mehr von ihrem Wohlgeruch in sich aufzunehmen. 'Vielleicht hat sich ein Polizist als Frau verkleidet, um einen gewieften Verbrecher zu überführen, oder er stellt einfach nur Nachforschungen an', dachte ich. Erst die Auskunft überzeugte mich von ihrer Echtheit, so delphisch[15] war sie. "Sie finden dort niemanden, den Sie kennen sollten oder gar kennen", sagte sie.

Ich indessen versuchte herauszubekommen, ob vielleicht alle Frauen – etwa infolge einer neuen Mode – männliche Wohlgerüche verbreiteten oder ob dieses reizende Geschöpf mit diesem Geruch alleine herumlief und damit sozusagen auf eigene Verantwortung handelte.

Ohne Murren unterzog ich mich der weitläufigen Aufgabe und sog die Gerüche der an mir vorbeidefilierenden Frauen ein. Eine spätere Dissertation oder noch besser ein Essay *Von den Frauen und ihren Gerüchen* schwebte mir vor. Unverdrossen wurde Frau um Frau, die an mir vorbeilief, beschnuppert. Ein Zollhund an der Flughafenkontrolle

---

[15] doppeldeutig

wäre vor Neid erblasst. Zwar wurde keine Zweite mit ihren Gerüchen gefunden, immerhin aber festgestellt, dass keine Einzige einen englisch gestutzten Bart trug. Eine Feststellung, die mich zutiefst befriedigte, zumal ich sonst die Wissenschaft hätte bemühen müssen, um zu erklären, wie Schnurrbärte in die Gesichter von Frauen kommen. Um nicht ganz den Kontakt zu dieser wohlriechenden Schönheit zu verlieren, fragte ich sie, ob sie mich bei meiner Exkursion in die Geruchstiefen begleiten möchte. Sie hob den Kopf, blähte die Nasenflügel und kam zu der Überzeugung, mich begleiten zu müssen. Vielleicht war ihr Wunsch, mich im Moment nicht aus den Augen zu lassen, der Tatsache geschuldet, einen ungewohnt spannenden Kitzel beizubehalten und mich dann am nächsten Schauplatz meiner sinnlichen Forschungsreise frivol lachend zu verlassen.

Wir machten uns auf den Weg, um in einem Restaurant einen Lunch zu nehmen. Wir fanden einen Platz in einem Lokal einer Seitenstraße. Von hier aus bot sich ein guter Blick auf das Treiben um uns herum. Wir konnten die Gemüsefrau beobachten, die links gegenüber die Früchte vor ihrem Laden bewachte. Sollte sich auch nur ein potentieller Kunde an ihrer Ware vergreifen oder gar kosten, ohne etwas zu kaufen, erhielt er von ihr in einer realistischen Ausdrucksweise Titel, die denen irgendeines orientalischen Herrschers weder an Berechtigung noch an Mannigfaltigkeit nachstanden. Aber ein Spatz naschte ungestraft, nicht verscheucht, an einem Maiskolben, pickte die Körner heraus und verspeiste sie. Er wurde mit Wohlwollen geduldet. Den Gedanken, der mir bei der Beobachtung kam, teilte ich flugs meiner schönen Begleiterin mit. Der Spatz ist kein anderer als ihr verstorbener Ehemann, der sie besuchen kommt und – du schönes Unterbewusstsein – auf diese Weise von ihr gefüttert wird! Sie war sehr angetan von diesem Bonmot und meiner Schlussfolgerung. Ich machte sie auf das tapfere Schneiderlein aufmerksam, das gleich neben der Gemüsefrau in seiner Änderungsschneiderei bei der Arbeit saß. Ein Mann, zu alt, zu sanft, zu arm, um sich einen Mitarbeiter leisten zu können, der froh sein musste, wenn ihm die Kunden seiner langsamen Arbeit wegen nicht fortblieben.

Woher weiß ich das? Weil ich ihm hin und wieder etwas zum Ändern bringe. Auch diesen Umstand ließ ich nicht unerwähnt und wir sinnierten darüber, wie wir Ali, so heißt das Schneiderlein, helfen konnten. Wir kamen in gemeinsamer Denkarbeit zu dem Ergebnis, dass ein Duft erfunden werden musste, der die Menschen freundlich stimmte oder aufeinander zugehen ließ, sie friedlich machte. Wir beschlossen, einen Auftrag zu erteilen, einen Forschungsauftrag an ein renommiertes Institut. Es war uns klar, was das für Ali bedeutete und für die Menschheit. Wir freuten uns über unseren kommenden Geniestreich und über den Frieden.

Aber vielleicht war das alles gar nicht mehr nötig und diesen Duft, dieses Parfum gab es schon: Es hat den einfachen Namen 'Liebe' (Hugo Boss).

Dort, wo die Lichter nie ausgehen

Der Stress der letzten Tage, Wochen und Monate ist noch nicht von mir abgefallen. Es wird Sommer, alles grünt. Wobei ich die ersten Frühlingstage noch vor Augen habe, als ich mich Ende März – aber es kann auch schon Anfang April gewesen sein – fragte, warum noch kein Grün in der Natur aufsprießt. Damals war meine Strafhaft zu Ende, und ich konnte nicht verstehen, warum ich dennoch in Haft bleiben musste. Die Namen der Inhaftierten um mich herum, auch der der Gefangenschaft selbst, wechselte. Das Wort *Sicherungsverwahrung* bekam ein Gesicht – es spiegelte Strafvollzugschaos pur wider. *Ach, ach, ach* und *Weh* folgte. Meine innere Gelassenheit tauchte mich in eine Art innere Anspannung und der Traum von Freiheit wurde Belastung. Tragödie, Dramatik, alles in dieser Maßregel löste ein Gefühl aus, als hätte ich den Zug verpasst. Aber alles soll nun besser werden.

Mir fällt eine Urlaubsreise ein, Abenteuerferien mit Taucheranzug und Fallschirmspringen aus dem Flugzeug. Nur hier sieht die Tiefe ganz anders aus, es ist ein Fall ins Nichts. Nach wie vor ist die Zelle 8,5 m² groß, aber mit einigen Worten des neuen Anstaltsleiters neu verpackt. *Er darf den Garten nutzen.*

Heute scheint die Sonne. Mein Blick fällt auf die Anstaltskirche, und in einer halben Stunde werde ich über das Anstaltsgelände hinüber in die Küche gehen und dort meine Arbeit verrichten. Es ist dieselbe Arbeit, wie all die Jahre zuvor. Meine Gedanken verweilen einige Augenblicke bei meinen Freunden hinter der Mauer. Ich fühle mich beraubt! Telefonieren nach wie vor nur mit dem Anstaltstelefon und den damit verbundenen hohen Kosten von 10 Cent pro Minute. Meines Erachtens werde ich gegen meinen Willen dazu gezwungen, mehr Geld auszugeben als in Freiheit. Viele Versprechungen hat man seitens der Politik gegeben, um diese Maßregel aufrechtzuerhalten, nachdem sowohl das höchste deutsche wie auch das höchste europäische Gericht gesagt hatten: "Diese Maßnahme verstößt durch Strafcharakterempfinden gegen die Verfassung." Sogar ein neues Gesetz hat man eingeführt. Haha, der Fall ins Nichts! Nur eben gar nicht komisch. Die Umsetzung des Gesetzes gelingt den Verantwortlichen nicht. Es existieren Unklarheiten und Regelungslücken, für die es jedoch keinen Verantwortlichen gibt. Beamte mit Mut zur Eigenverantwortung finden sich hier leider auch nicht. Es sind immer noch dieselben sogenannten Schließer, die schon in der Strafhaft die 8,5 m² großen Zellen, die sie nach dem neuen Gesetz nun Zimmer nennen müssen, auf und zu sperrten. Für den Menschen, dem eine Gefährlichkeit unterstellt wird, hat sich nicht einmal der Weggeschlossene geändert. Man bleibt ja immer derselbe, auch wenn man schon längst Einsichten gewonnen, andere Ansichten bekommen und sich geändert hat.

Konzepte fehlen – Speiseeis auch!

Ein Maß an Regel fehlt dieser Maßregel. Die Belästigung ist ständig vorhanden. Das fängt mit dem morgendlichen Aufschluss an, denkt man zu Beginn der neuen

Zeitrechnung noch. Die Schuld für eine Straftat, also die Strafe selbst ist gesühnt und voll verbüßt. Obwohl der Strafcharakter nicht die Norm sein soll, bemerke ich recht schnell, dass sich die Belastung an sich schon mit dem Einschluss am Abend um 21.30 Uhr einstellt. Was soll ein Mensch, so eingesperrt in eine Zelle, empfinden, wenn schon alles verbüßt ist? Natürlich sind da Erinnerungen. Aber sie passen nicht in das Bild *selbst schuld*, denn diesmal haben andere Schuld.

Während der Strafhaft sagte mir einmal ein fähiger Psychologe, dass es Wutregeln gibt. Sie lauten:

1. Du darfst wütend sein.
2. Lass andere Menschen heil.
3. Rede über deine Wut.

Einhundertfünfzig Meter weiter als Haus III, nun in der Teilanstalt V, nachdem der Schuldausgleich der Tat erfolgt und die Strafhaftzeit beendet ist, ich aber immer noch aufgrund einer unterstellten Gefährlichkeit hinter hohen Mauern und in einer Zelle, die nun Zimmer heißt, verschlossen hinter Schloss und Riegel gefangen gehalten werde, stellt sich tatsächlich Wut ein. Nur hier stelle ich fest: Darüber reden kann ich nicht. Es ist nicht genügend Personal für die Einhaltung so einer Regel anwesend.

Es ist eine Mehrfachbestrafung, auch wenn alle sagen, das darf nicht sein. Und schaut man in die Presse, wird dort so ein Mensch ohne Schuld – wie gesagt, der Ausgleich ist durch die Strafe erfolgt – mit und als Verbrecher betitelt. Gott sei Dank ist das nur Populismus. Aber wirklich reden kann man auch mit Populisten nicht.

Man kommt in eine Art Rechtsstaatsglauben, den man

schon in der Strafhaft für verloren hielt. Man glaubt, ein Advokat könnte es vielleicht richten. Auch wenn er viel Geld kostet, ein Versuch ist es wert, aber ganz schnell stellt man fest: Auch ein Rechtsanwalt kennt sich mit diesem Recht(!) nicht so recht aus. Neuland halt und damit ein Teil des Stresses der letzten Tage, Wochen und Monate. Nach den Jahren in der Teilanstalt III – *Schlechterungsanstalt* nach dem Tenor eines so benannten Artikels aus der *Zeit* – nun also Teilanstalt V, SV-Station. Konzeptionslos, planlos, hilflos, nahe der Ohnmacht. Entrechtet immerhin. *Schutzlos.*

Geht es mir nun schlecht gut oder gut schlecht? Das frage ich mich oft. Es tut weh, schmerzt, zerreißt mich, in dieser Verlorenheit verwahrt zu sein. Ich merke, ich fange an, gegen das Vergessen zu kämpfen. Mit welchen Erinnerungen ich das tun werde, weiß ich gerade nicht. Was ich weiß, ist, dass sich die Minuten hier zu Stunden spannen. Was ich noch weiß: Ich will hier nicht sein. Beinahe erkenne ich eine Ähnlichkeit zu einem landesweit bekannten Fall.

Gustl M. sagte vor dem Untersuchungsausschuss auf die Frage, wie er behandelt werde: *gar nicht, eher misshandelt.* Das trifft hier bei der augenblicklichen Lage auch zu.

Tandaradei

Seit Jahren lebe ich in Erwartung des Ungeheuerlichen, das da kommen soll, einbrechend und mich mit aller Gewalt überrollend, ein noch nie dagewesenes Ereignis, ein D-Zug, der durch mein Zimmer rast, ein Eurofighter, der brüllend, röhrend, krachend, alles aus dem Weg räumend und an mir vorbeirasend, seinen Ausgang zum Himmel sucht, ein riesiger Kampfpanzer, der, alles um sich herum niederwalzend, kein Halten kennt und sich seiner Kraft und Macht bewusst ist.

Dann aber fällt mir ein, es spielt sich alles nur in meinem Kopf ab und wird nie geschehen. Ich lasse meine überfüllten Hoffnungen dahin zurückkehren, woher sie kamen: in meinen wirren Schädel.

Wenn jemand an meine Tür klopft, springe ich sofort auf, schon in der Erwartung, einer meiner Freunde erscheint, um mir etwas Neues mitzuteilen oder eine Hoffnung erfüllt sich, und sei es nur die, dass man über etwas meckern kann, über die Unzulänglichkeiten der anderen oder die eigenen. Mitunter geschieht es, dass ich sogar mit einem *Herein* antworte, wenn es bei meinem Nachbarn klopft, immer auf der Suche nach Unterhaltung. Ich würde auch meine Sehenswürdigkeiten zeigen, meine silberfarbene Thermoskanne, mein neues Besteck und meine Bücher, die sich in einem Regal aneinanderreihen. In meiner Einsamkeit würde ich auch die beiden suizidalen Goldfischlein aus dem Hofteich in einem Glas bei mir aufnehmen, bis sie aus dem Gröbsten raus wären. Sie hätten es gut bei mir und für meine Gesellschaft wäre gesorgt.

Wie ein unkörperlicher Schatten schwanke ich hin und her, und wenn mich nicht eine Wand stützt, falle ich wie ein Sack zur Erde. Aber eine Wand stützt mich nicht und mein Fall zu Boden wird immer wahrscheinlicher.

Was hält mich ab, dem allen ein Ende zu machen, im Teich oder in irgendeinem Wasserglas zur Ruhe zu kommen und die Fragen zu lösen, welchem irrsinnig gewordenen Gott oder Dämon, ich könnte auch sagen Satan, das Wasserglas gehört, in dem ich lebe und sterbe, und wem wiederum Gott und Satan gehören? Wahrscheinlich gehören sie einer Aktiengesellschaft und die Gesellschafter hüten sie wie ein Zuhälter seine Huren. Nie werde ich, ohne eine größere Summe zu blechen, geliebt werden oder tröstende Worte erfahren.

Was hält mich noch? *Ab!*, bevor ich zum lallenden Tippelbruder werde. Warum noch weiter den entnervenden Widerstreit unwirklicher Schicksale mit ungeheuren Gefühlen und Vorstellungen in mich hineinwürgen? Das Leben, mein Leben. Was für große Worte!

Ich stelle mir das Leben als Kellnerin vor, die mich permanent fragt, was ich wünsche. Wenn ich mir dann Kaviar und Schampus bestelle, erhalte ich Würstchen, ein Glas Wasser und ein altbackenes Brötchen. Begrenzt sind die Möglichkeiten und noch begrenzter die Worte … In dieser Diskrepanz muss ich mich einrichten. Wenn du Gott erheitern möchtest, erzähle ihm von deinen Plänen. Die Tage werden mir eingeteilt, und ich kann mich in ihnen nach Bedarf entfalten.

Ich war zu einer Theatervorstellung im Hof voller übelriechender Menschen. Plötzlich erschallt der Ruf: "Der Senator mit seiner Entourage naht." Wen sehe ich? Ein Jüngelchen mit einem Milchgesicht, pfiffig aussehend in einem dunklen Anzug. Der dunkle *Fetzen* sah genauso ungetragen aus wie sein Gesicht. Haha!, der Senator naht ... Es wäre gewiss zu bedauern, wenn der Jüngling traumschnell aus dieser Laufbahn glitte. Bei seinem Genie würde er uns gewiss in Bälde als Bürgermeister beehren oder nach kürzester Lehrzeit den Bundeskanzler geben. Dass er das bisher nicht tut, zeugt von seiner Fähigkeit, sich den Gegebenheiten anzupassen. Aber er wurde auch des Öfteren gesehen auf eigenen Theaterbühnen, wo er versuchte, alles zusammenzuhalten und teilweise akrobatische Showeinlagen vollführte. Ein genauerer Beobachter hätte die der Wahrheit nahekommende Vermutung ausgesprochen, sein dunkler Anzug ist schon ziemlich abgetragen und er ist unrasiert. Seine einst neuen Schuhe sind löchrig und ungepflegt, und in jeder geringfügigen Kleinigkeit offenbart sich der desolate Zustand seiner Finanzen.

Der Erzengel, dem unser Senator imponieren möchte, der scheinbar nur sein glattrasiertes Gesicht im Spiegel betrachtete, ignorierte den Unterdrücker, der sich tags darauf bei der Presse bitterlich beklagte, dass keiner ihn für voll nahm. Wenn ich morgen meinen Kumpels – und sollte ich keine anderen finden, meine Schicksalsgenossen und Wahlbrüder, den auf jung machenden Arzthelfer und den Glöckner – von diesen meinen Beobachtungen erzähle, werden wir herzhaft über meine Gedanken lachen.

Bevor ich aber dem Ganzen ein Ende setze und mich aus der Kurve heraustragen lasse, um an einem Kilometerstein zu zerschellen, bevor ich mich aufmache in jenes ferne Land

… der Vorhang endgültig fällt und mir die Aussicht auf ein sorgenfreies Leben nimmt, will ich noch einmal Anlauf nehmen
und allen mir nicht Wohlgesonnenen eine lange Nase drehen und mit großem *Tandaradei* das, was mir noch bleibt, genießen. Ja! Das ist herzzerreißend lustig! Tandaradei!

Der kleine Held

In der dunkelsten Nacht, dort, wo der Mond durch die Umlaufbahn nicht sichtbar scheint, das kalte Hoch die Wolken niedrig schweben lässt und ein Regenschauer bereits eingesetzt hat, dort, wo der Regen nicht präsent, sondern nur für die ersichtlich ist, die feinfühlige Fähigkeiten besitzen, wenn das Gehör die aufprallenden, aber etwas entfernten Regentropfen wahrnimmt, wenn die Synapsen den Duft der gereinigten Luft herausfiltern oder wenn die Haut den Temperaturabfall durch den frischen Wind mit einer Gänsehaut erkennen lässt, dort kommt es zu den kleinen Wundern, in denen meine Heldengeschichte seinen Ursprung fand. Was macht einen Helden aus? Besondere Fähigkeiten, ein Gespür, Stärke oder Durchhaltevermögen? Erst durch besondere Situationen zeigt sich rückblickend, wie heldenhaft jemand war, und wie er den Lauf der Zeit durch seine Intervention zum Guten verbessern konnte. Doch in dieser Geschichte geht es nicht um übersinnliche Kräfte, sondern um Aufmerksamkeit. Die Geschichte handelt von einem Zauberwort: *dem Mitgefühl.* Es geht um die Fähigkeit, die Kinder am Beginn ihres Lebens haben. Kinder lieben von ganzem Herzen, sie kennen keinen Neid und kein Mitleid. Es ist das Mitgefühl, welches ihre größte Stärke ist. Sie rennen in die Arme dessen, der sie ausstreckt, unterscheiden keine sozialen Ränge und haben keine Hintergedanken. Ihr größter Widersacher ist der Verstand, die Macht des Denkens, die ihnen Gier und Manipulation lehrt, um einen Vorteil erlangen zu können.

Im Jahr 1974 gebar eine zierliche, vom Leben vernachlässigte Frau ein Kind. Die schwere Schwangerschaft war ihr deutlich anzusehen. Die Augen wirkten müde, waren blau unterlaufen und ihre Haare fettig. Schöne Kleidung hatte sie sich schon seit Langem nicht mehr leisten können. Sie war gerade 17 geworden, lebte allein und verdiente ihren Lebensunterhalt bis dahin durch verschiedene Hilfsarbeiten. Sie putzte die Häuser und pflegte die Gärten wohlhabender Leute oder entrümpelte deren Keller. Als sie dem Kerl, der ihr in den Nächten geschworen hatte, wie sehr er sie liebe, erzählte, sie sei schwanger, nahm er die Beine in die Hand. Was sie zuletzt von ihm sah, war ein diffuser Schatten an der Ecke, der von den Laternen der Querstraße auf den Gehsteig geworfen wurde.

Trotzdem schlug sich die werdende Mutter so gut sie konnte durchs Leben. Als im sechsten Monat ihrer Schwangerschaft Komplikationen auftraten und sie nicht mehr arbeiten konnte, wurde sie aus ihrer spartanischen Behausung geworfen. Zu dem Zeitpunkt war sie schon mit zwei Mieten für das kleine, dunkle Zimmer im Souterrain in Rückstand geraten. Der Hauseigentümer nutzte die erstbeste Gelegenheit, um das Kellerloch noch teurer vermieten zu können. Mitte der siebziger Jahre gab es in West-Berlin eine einzigartige Wohnungsnot und neue Unterkünfte waren schwer zu finden. Marie, das war ihr Name, war am Ende ihrer Kräfte. Zum Sozialamt gehen wollte sie nicht, denn bisher hatte sie es stets geschafft, sich durchzuschlagen. Ja, das Leben war schon immer hart zu ihr gewesen und eine Besserung schien nicht in Sicht zu sein.

Nachdem sie eine Woche kein Essen mehr bei sich behalten hatte, erlitt sie auf der Straße einen Zusammenbruch und einige Passanten brachten sie in ein Hospiz. Zuerst versuchten sie es in einem Krankenhaus, aber das verweigerte ihre Aufnahme. Marie hatte keine Krankenversicherung. Trotz der Schwangerschaft war sie hager und das baldige Ereignis nicht auf den ersten Blick zu erkennen gewesen.

Das Hospiz, in das sie von den Leuten gebracht wurde, lag etwas außerhalb und Marie wusste inzwischen nicht mehr, wo sie war. Ihre Augenlider waren noch geschlossen und sie atmete schwer. Trotzdem nahm sie Gerüche wahr, als sie langsam zu sich kam. Zuerst den der sterilen Bettwäsche, in der sie lag, aber auch die Gardine roch nach einem flauschigen Weichspüler und die Bodenpflege nach Orange. Bisher kannte sie diesen Duft nur von den besser betuchten Familien aus Zehlendorf, bei denen sie die Treppenhäuser gewischt hatte. Die Sonnenstrahlen erzeugten ein Farbenspiel von Purpur bis zu leuchtendem Blau unter ihren geschlossenen Lidern. Als sie vollends zu Sinnen kam, tasteten ihre Finger vorsichtig die Umgebung ab. Marie fühlte die kühle Metallumrandung eines Krankenhausbettes. Sie spürte auch den Windhauch, der durchs geöffnete Fenster das typische Aroma des Spätsommers hineinblies. Langsam öffnete sie die Augen und es gelang ihr, die verschwommenen Bilder zu einem Ganzen zusammenzufügen. Sie lag in einem Krankenzimmer und hatte ein Nachthemd an. Wie lange schon war sie nicht mehr in sauberer Bettwäsche erwacht? Die Sonne strahlte wärmend in ihr Gesicht und blinzelnd sah sich Marie um. Der Raum war in dezentem Flieder gestrichen worden und die Gardinen hatten einen Vanilleton. Über der Tür hing ein Kreuz und auf dem Türblatt waren noch die Zeichen der letzten Neujahrsweihe der Sternensänger zu sehen.

Marie war schon eine Weile wach, als es behutsam an der Tür klopfte. Sie wusste im ersten Moment nicht, wie sie sich verhalten sollte. Unsicher sagte sie *Herein* und sah zur Schwester, die den Raum betrat. Schüchtern stammelte sie, sie sei arm und könne den Aufenthalt nicht bezahlen. Bevor sie weiterreden konnte, streichelte die Schwester sanft über ihren Kopf und sagte, Gott sorge auch ohne Geld für sie. Jetzt erkannte Marie die Schwester erst richtig. Sie war keine gewöhnliche Krankenschwester, sie war eine Nonne, die sehr beruhigend auf sie wirkte. Nächstenliebe war Marie nicht gewohnt. Sie war ergriffen berührt und brachte kein Wort mehr heraus. Die Nonne fragte, was sie gern essen und welchen Tee sie trinken möchte.

Das wiederholte sich auch an den folgenden Tagen und aus den Tagen wurden Wochen. Als der Herbst die Blätter der Bäume im Park verteilte, war es soweit. Ein kleiner Junge erblickte das Licht der Welt. Bis dahin war die Schwangerschaft so kompliziert verlaufen, dass Marie die meiste Zeit über im Bett bleiben musste. Doch an guten Tagen hielt sie es allein nicht aus und ging zu den Alten, Kranken und Hilfsbedürftigen. Sie setzte sich zu ihnen, hörte zu, hielt Hände oder gab ihnen aus den Schnabeltassen etwas zu trinken. Doch jetzt, wo der erste Schnee im Park lag, hielt sie den kleinen Jungen im Arm. Er war etwas gelblich und klein und wog keine sechs Pfund. Aber im Großen und Ganzen ging es beiden nach der Genesungszeit gut. Alle auf der Station freuten sich für Marie und ihren Sohn, die immer noch jeden Tag damit verbrachte, den anderen zu helfen. Da sie den Aufenthalt hier nicht bezahlen konnte, wollte sie sich wenigstens nützlich machen. Sie tat es, wann immer sie konnte und wischte wieder Flure, verteilte Essen oder schob das eine oder andere Mal Patienten in den Park, nachdem sie sie warm angezogen hatte. Manchmal verließ sie mit einem Rollstuhl auch das Gelände des Hospizes. Es war Januar und eisig kalt, doch ihren Lieblingspatienten schob sie, nachdem sie ihn in eine dicke Lammfelldecke eingewickelt hatte, oft ein paar Querstraßen weiter. Doch einmal wurde es ein ausgedehnter Spaziergang und er führte sie zurück in eine ihr bekannte Welt. Als sie an einem zugefrorenen See angekommen waren, wusste sie endlich, wo sie war. Marie erkannte das Strandbad am anderen Ufer. Als kleines Mädchen hatte sie oft dort gespielt. Es war das Strandbad Wannsee. Deutlich sah sie die zwei Wasserrutschen, die einige Meter vom Strand entfernt aus dem Eis ragten. Auch die Promenade war für sie unvergesslich. Genau wie der Steg und die lange Treppe. Die Halbinsel, auf der sie nun lebte, wurde Heckeshorn genannt. Wie immer hielt Uwe, das war der Name des Patienten, den Kleinen fest im Arm und wärmte ihn unter seiner Decke. Marie überlegte, ob sie es wagen könne, zusammen mit Uwe über die zugefrorene Eisdecke zu gehen, aber ihr Mut reichte nicht, obwohl sie einige Spaziergänger auf dem Eis sah. Während sie am Ufer standen, erzählte Uwe, das Hospiz gehöre zum 'Don Bosco Heim', welches in entgegengesetzter Richtung gleich weit entfernt sei. Es handele sich um ein Kinderheim mit Sport- und Spielstätten und es sei auch mit einem Streichelzoo ausgestattet, erklärte er ihr. Marie wollte es sehen und so beschlossen sie, morgen dorthin zu gehen.

In den folgenden Tagen beobachtete die Leiterin des Hospizes die Fortschritte der beiden und lud Marie zu einem

Gespräch. Die junge Frau hatte Angst vor dem, was unweigerlich kommen musste. Sie erstarrte und jeder Schritt zur Oberin schien ihr wie das Wanken über das spiegelglatte Eis des Sees, dessen Überquerung sie nicht gewagt hatte. Es war noch Winter und Marie wusste nicht, wohin sie mit ihrem Baby, das noch nicht einmal einen Namen hatte, gehen könnte. Betteln wollte sie nicht, aber all ihre früheren Stellen dürften bereits wieder vergeben worden sein. Schweren Herzens stieg sie die letzten Stufen nach oben zum Büro der Oberin. Zum ersten Mal hatte sie einen Platz gefunden, an dem es ihr nicht nur gut ging, sondern an dem sie sich auch geborgen fühlte.

Die Oberin erklärte ihr, was Marie schon wusste. Ihre Genesung war gut vorangegangen. Gleichzeitig bedankte sich die Ordensfrau für die Arbeit, die sie im Hospiz geleistet hatte. Doch nun müsse sie das Krankenzimmer räumen, forderte sie die junge Mutter auf, die genau diesen Satz schon befürchtet hatte. Maries Augen waren vor Enttäuschung feucht geworden, als die Oberin plötzlich meinte, sie solle ihre Sachen mit der Stationsschwester zu Haus Nummer 28 bringen. Der Hausmeister erwarte sie dort bereits. Marie verstand die Welt nicht mehr und wusste nicht, wie ihr geschieht. Die Oberin sagte nun, sie dürfe bleiben und könne als Hilfsschwester im Hospiz anfangen zu arbeiten. "So eine gute Kraft wie dich kann ich doch nicht einfach gehen lassen", sagte sie lächelnd und erwähnte, dass sich auch ihr kleiner Sohn positiv auf die Patienten auswirke. Zwar könne sie ihm keinen Lohn zahlen, aber wenn sie ihn mit zur Arbeit bringe, erhielte er für seine Dienste das zweite Zimmer in der neuen Dienstwohnung. Jetzt verlor Marie die Beherrschung. Sie fiel der Oberin weinend um den Hals. Das Glücksgefühl hatte die junge Mutter völlig übermannt.

Die Dienstwohnung im Erdgeschoss war zwar nur bescheiden eingerichtet, doch für Marie war sie das Paradies. Die Wohnung hatte zwei Zimmer, eine kleine Küche, ein Bad und sogar einen Balkon. Sie fühlte sich zum ersten Mal zu Hause. Selbst die Waschküche im Keller, die sich alle Bewohner teilen mussten, war gemütlich und hatte mehr Licht als ihr letztes Zimmer im Souterrain. Auch die Gegend empfand sie als himmlisch und für den Weg bis zum Hospiz benötigte sie nur drei Minuten.

Der kleine Junge hatte den Namen des inzwischen verstorbenen Lieblingspatienten von Marie bekommen. Uwe war ein sehr liebes und ruhiges Kind. Sein Lachen verzauberte alle. Die Schwestern freuten sich, wenn sie ihn sahen und die Patienten genossen jeden Augenblick mit ihm. Er schrie kaum, spielte viel, begann zu laufen, brabbelte die ersten Worte und liebte jeden, wie er war. Für ihn spielte es keine Rolle, ob die Menschen krank, verbittert, arm oder reich waren. Er entwickelte ein sensibles Gespür für jeden Einzelnen und konnte selbst den Leidenden ein Lächeln entlocken, was ihnen einige Glücksmomente in den letzten Tagen des Lebens verschaffte. Zu diesem Zeitpunkt war er gerade ein Jahr alt. Geduldig blieb er bei den Patienten sitzen und hielt manchmal nur deren Hand. Die Schwestern konnten es kaum glauben, aber sie sahen regelmäßig, wie der kleine Junge die Menschen erreichte, die selbst sie schon aufgegeben hatten.

Die Jahre gingen ins Land. Uwe war mittlerweile vier, konnte zählen, einige Wörter sogar schreiben und sagte mit Zuverlässigkeit jeden Morgen das Wetter voraus. Von seinem Wesen her hatte er sich kaum verändert. Er liebte es, im Hospiz zu spielen, den Leuten zu helfen und Trost zu spenden. Sein feines Gespür war noch stärker geworden und er war in dem Alter, auch ausdrücken zu können, was er empfand. Sein Wortschatz war grandios. Das war der Tatsache geschuldet, dass er täglich mit allen sprach, die Zeit für ihn hatten. Einige Patienten lasen ihm manchmal auch etwas vor und Uwe hinterfragte alles, was er noch nicht begriff. Er kannte die Medikamente, die im Hospiz verwendet wurden, wusste über deren Wirkung und Nebenwirkungen Bescheid und besaß weiterhin die Gabe zu heilen. Nicht die körperlichen Beschwerden, aber er verstand es, den Seelen der Menschen etwas Gutes zu tun. Uwe wirkte wie ein Placebo. Ging es der Seele gut, erhielt der Körper die Chance, sich selbst zu heilen. Es kam nicht selten vor, dass Gebrechliche das Bett wieder verlassen konnten, um mit ihm zu spielen oder spazieren zu gehen. Keine Schwester hätte diese Patienten aus ihrer Lethargie befreien können und so waren damals schon die ersten kleinen Wunder zu sehen, die allerdings noch rational erklärbar waren.

So bauten einige Patienten die Muskulatur auf, fanden zu sich, obwohl Alzheimer den Bezug zum Alltag schon hatte verschwinden lassen oder konnten ihren Harndrang wieder kontrollieren. Alle hatten sich sofort in Uwes leuchtend braune Augen verliebt. Der Tod ließ zwar nicht endlos auf sich warten, aber die nochmalige Lebensfreude der Patienten machte deren letzten Gang trotz aller Schmerzen und Leiden würdevoller.

Eines Tages zog ein fast blinder, alter Mann in eines der Zimmer. Er hatte sogar seinen ausgebildeten Blindenhund Roy mitgebracht und ihre Anwesenheit änderte Maries und Uwes Leben radikal. Der Alte hieß Anton und bekam nie Besuch. Seine Söhne waren selbst schon über 50 und lebten in Spanien. Im Laufe der Zeit war der Kontakt mit ihnen zum Erliegen gekommen. In Spanien ließ es sich leicht leben und vielleicht versuchten die beiden, ihr karrieristisches Leben, welches sie hier geführt hatten, hinter sich zu lassen. Der eine der beiden war Versicherungsvertreter, der andere Banker. Über das Geldscheffeln hatten sie jegliche Familienplanung vergessen und als es ihnen endlich bewusst wurde, zogen sie in den sonnigen Süden, um die Erträge ihrer Anstrengungen zu genießen. Der Bruch zeichnete sich bereits ab, als Anton allein am Grab ihrer Mutter – seiner Frau – stand. Als er zum Pflegefall wurde, war er endgültig. Doch hier im Hospiz machte Anton dank Marie und Uwe eine ungeahnte Erfahrung. Es war die Nächstenliebe, die er durch sie erfuhr. Einmal hatte er Marie gesagt, welchen großen Appetit auf ein Lachsbrötchen er habe, und sie hatte ihm von da an jeden Freitag eines mitgebracht. Sie hatte nie Geld von Anton angenommen und das brachte ihr die Eigentumswohnung in Marienfelde ein. Bevor der Alte starb, hatte er sein Testament geändert. Seine Söhne erfuhren es erst beim Nachlassverwalter. Damit hatten sie nicht gerechnet und waren entsprechend wütend zu ihrem Auto gegangen. "Soll die Töle doch eingeschläfert werden. Wir haben extra zwei Wochen für den Verkauf der Bude eingeplant. Verdammte Scheiße", war alles, was noch von ihnen zu hören war.

So wurde Roy zu Uwes ständigem Begleiter und manchmal war nicht ganz klar, wer auf wen hörte. Sie gingen gemeinsam zum Wannsee und badeten – Roy liebte es, Uwe aus dem Wasser zu ziehen – oder spielten im 'Don Bosco Heim' Tennis auf ihre eigene Art. Nur den Streichelzoo des Heims durfte der Hund nicht betreten, aber er wartete immer geduldig vor dem Tor, bis Uwe zurück war.

Mittlerweile war Roy zum Therapiehund des Hospizes

geworden und begleitete den Jungen immer, wenn er zum 'Don Bosco Heim' lief. Den Weg durfte Uwe bereits ohne Begleitung eines Erwachsenen zurücklegen und es gab nie Ärger mit ihm. Doch einmal fiel er einem Pärchen auf, das ihn für ein verlorengegangenes Kind hielt. Sie hatten den Hund nicht beachtet, als sie Uwe an die Hand nehmen wollten. Roy biss dem Mann in den Unterarm und ließ erst los, als der Junge es befahl. Während der Versorgung der kleinen Wunde entschuldigte sich Marie, die sofort herbeigeeilt war, als sie von dem Zwischenfall gehört hatte. Er blieb ohne Konsequenzen. Uwe und Roy trafen das Paar später noch oft.

Auch mit einigen Patienten gingen sie regelmäßig am Ufer des Wannsees spazieren. Der Sommer war schon lange vorbei, als sie einen Mann begleiteten, der nicht zum ersten Mal im Hospiz war. Peter litt an einer besonders schweren Form von Multipler Sklerose. Niemand hatte mehr Hoffnung für ihn und so lag sein weiteres Schicksal bereits vor Monaten in Uwes Händen. Der Junge kannte kein Mitleid und behandelte Peter wie jeden anderen auch. Er war zu ihm ans Bett gegangen und begann sich mit ihm zu unterhalten. Später spielten sie 'Mau Mau' oder 'Mensch ärgere dich nicht', und lachten dabei so viel, dass ein Wunder geschah. Die schweren Symptome der Krankheit ließen nach, die Medikamente schlugen wieder an und die Lebensfreude kehrte zurück. Auch Peters Mobilität verbesserte sich zusehends und nach einiger Zeit konnte er sogar wieder spazieren gehen.

Sie waren schon einige Male hierhergekommen, hatten Enten und Schwäne gefüttert, die sich trotz Roys Anwesenheit bis an den Steg wagten. Aber plötzlich bekam Peter einen Anfall, schnappte nach Luft und konnte sich nicht mehr aufrecht halten. Er verlor das Gleichgewicht und stürzte ins Wasser. Uwe hatte zwar noch versucht, Peter zu halten, aber das war ihm nicht geglückt. Der Junge sprang verzweifelt hinterher und Roy folgte ihm zeitgleich. Es gelang ihnen, Peter zu packen und zurück ans rettende Ufer zu ziehen. Während der Kranke gurgelnd hustete und Wasser ausspuckte, rief Uwe nach Hilfe. Passanten hörten ihn und wenig später wurde der Kranke in die Notaufnahme einer Klinik gebracht.

Peter überlebte das kleine Abenteuer, aber verstarb einige Monate später an den Folgen der Multiplen Sklerose. Er ging glücklich von dieser Welt, denn Marie und Uwe leisteten ihm bis zum letzten Atemzug Gesellschaft. Für den Jungen war es normal, dass der Tod ein Bestandteil des Lebens ist. Er verstand noch nicht, warum Courage und echte Nächstenliebe etwas waren, das sich meist nur Arme und Kranke leisteten.

Ein letzter Satz

Sie stand auf dem Stuhl, zögerte noch mit ihrer Entscheidung und dachte, nein hoffte, dass das, was sie immer über das Erhängen im Fernsehen sah, tatsächlich so sein und es kein langes Leiden für sie geben werde, denn gelitten hatte sie, es waren sieben Jahre, um genau zu sein, genug, obwohl sie stets gehofft hatte, dass es mehr Jahre sein würden; aber er hatte sich wohl gut geführt, wurde vorzeitig entlassen, und diese vorzeitige Entlassung bedeutete ihr vorzeitiges Ende, denn das, was sie ihm angetan hatte – ihr Verrat –, würde niemals ungesühnt bleiben, und davor hatte sie Angst, riesige Angst sogar, die sie nicht nur erahnen, sondern wissen ließ, was passieren wird, stünde er bei ihr vor der Tür und fragte sie nach den Gründen ihres damaligen Handelns, für das sie zwar viele Entschuldigungen – aber es waren nur Entschuldigungen, mit denen sie sich all die Jahre vor sich selbst rechtfertigte und selbst das machte diese Rechtfertigungen zu dem, was sie wirklich waren: dumme Ausreden –, aber keine wahren Gründe hatte, um ihre Gier zu übertünchen, die in ihr gesiegt hatte, als er in einer Notlage war, sie bevollmächtigte und ihr vertraute, und nicht nur Geld und Dinge übergab, sondern auch unschuldige junge Menschenleben, seine Kinder, die im Heim landeten, als das, was es für sie zu holen gab, geholt war und nur noch dafür gesorgt werden musste, dass das, was für sie am besten war, auch eintrat: seine lebenslängliche Inhaftierung, sein immerwährender Aufenthalt hinter Gittern, der ihr die Luft nicht nur zum Leben verschaffte, sondern sie unbeschwert atmen ließ, dabei die Dinge, die geschehen waren, verdrängen half und das am besten für alle Zeiten, denn das hieß doch lebenslänglich: ein Leben lang halt und nicht nur sieben läppische Jahre, die wie im Flug vergangen waren, sie wie über Nacht in die Realität zurückholten, obwohl sie doch alles befolgt hatte, was der Mann ihrer Freundin – er war Kriminalhauptkommissar – ihr privat geraten hatte, und das war eine ganze Menge, denn schließlich kannte er sich mit solchen Dingen aus, wobei er nicht nur einräumte, sondern begründete, weshalb es eben kein Mord war, was in der alles entscheidenden Minute geschehen war, und damals erklärte, was den Unterschied ausmachte, um den es ging, und über den sie dann der Polizei als Zeugin berichtet hatte, besonders stolz wegen ihrer Beobachtungsgabe, denn wer sonst, wenn nicht sie, hätte so zur Lösung des Falls beitragen und belegen können, dass grenzenloser Geiz die Ursache und zugleich Schuld an seinem Handeln war, das immerhin soweit ging, dass er selbst die 89 Cent für die leckeren Gummibärchen sparte, sie deshalb den Kolleginnen immer wegaß, was eindeutig belegte, dass er erst recht die Kosten der Scheidung sparen wollte und das beschloss, was niemand für möglich gehalten hätte, obwohl sie damals sogar überlegte, ob sie sagen solle, dass er ihr einmal anvertraut habe, dass er sich seiner Frau entledigen wolle; sie sich das aber dann doch nicht traute, aus Angst, dass er behaupten könne, er habe den Plan mit ihr zusammen ausgeheckt, was zwar nicht stimmte, aber das Andere stimmte auch nicht, und wenn er schon an dem Punkt war, an dem es für

164

ihn nichts mehr zu verlieren gab, kam es auf nichts mehr
an, zumal sie seine Vollmacht und seine Kinder hatte,
was seine Aussage glaubhaft gemacht und ihr vielleicht
schon damals Schwierigkeiten bereitet hätte, was zwar nicht
geschah, doch das Urteil fiel trotzdem anders aus, als sie
einst erhoffte, aber im Moment war ihre letzte Hoffnung,
dass wenigstens die Krimis, die sie immer sah, realitätsnah
waren, die Halswirbelsäule beim Erhängen wirklich sofort
bräche, was ihr Leiden nicht nur verkürzen, sondern es hu-
man machen und ihr das Leben somit einen letzten Liebes-
dienst erweisen würde, den sie zwar nicht verdiente, aber
trotzdem erflehte, als sie ein erstes Gebet seit vielen Jahren
flüsterte, sich auf den Gott besann, der ihr sonst völlig egal,
doch in diesen Sekunden so wertvoll war, denn schließlich
konnte man nie wissen, ob an den Gerüchten etwas dran war
und sie in der Twilight-Zone nicht nur empfangen, sondern
auch gerichtet werden würde, von ihm, dem Herrn, der natürlich wusste, was sie getan und wie sie gelebt hatte, aber
der auch wusste, wovor sie sich am meisten fürchtete und so
grausam sein konnte, dass einem beim Gedanken daran das
Blut in den Adern gefror, was in der Sekunde geschah, als
sie, zitternd – frierend, schwitzend –, von unsäglichen Ma-
genschmerzen und dem Bedürfnis der Entleerung gepeinigt,
sich vom Stuhl fallen und fast zeitgleich die Erkenntnis wie
eine Supernova in ihrem Hirn explodieren ließ: Der Strick
war zu lang zum Erhängen, ihr Fall zu kurz zum schnellen
Sterben, und obwohl sie röchelnd und mit herausquellenden
Augen versuchte, der derben Leine habhaft zu werden – was
ihr nicht gelang, schließlich fanden die Zehenspitzen keinen stabilen Halt, nur die Leine hielt sie schwankend aufrecht –, kam ihr eine weitere Erkenntnis in den Sinn, die ihr
überdeutlich zeigte, dass ihre kommenden sieben Minuten

genauso lang wie seine letzten sieben Jahre sein würden, denn Zeit war relativ, hing nicht nur von der Geschwindigkeit, und wenn, dann von der Geschwindigkeit des Seins, ab, welches zwar das Bewusstsein bestimmte, doch selbst vom Unbewussten qualvoll dirigiert wurde.

<u>Lonely road to absolution</u>

The sun has born a brand new day
Conscience has been cast away
Evil has been blessed with praise
Heroes end up in their graves
So who will be your savior now?
They've shot your angels to the ground
It's a lonely road to absolution we must walk along
We can't take back the days we've borrowed
No more time to kill tomorrow

Billy Talent